特命！　キケンな情事

目次

特命！　キケンな情事

プロローグ

高級国産車の助手席に鈴木美咲《すずきみさき》は座っていた。運転席の建部凱斗《たてべがいと》をちらりとうかがい、またすぐ目を伏せる。

美咲と凱斗は、日本で三本の指に入る大手広告代理店に勤めている。

新入社員の美咲は、同じ課の先輩である凱斗にひそかな憧れを抱いていた。その彼に終業間際、「今夜つきあえ」と言われて、喜んで彼の車に乗ったのに――

そのとき美咲は、自分のスカートの裾が太ももの中ほどまであがってしまっていることに気づいた。

ヌードベージュカラーのストッキングに包まれた白い足が、夜の車中で淫《みだ》らに浮かんでいる。

運転席の凱斗の反応を気にしつつ、美咲はスカートの裾をそっと引っ張った。

体重のわずかな移動で本革の座面が音をたてた。ほんのかすかな音だが、エンジンが切られた車内でははっきりと耳に届き、美咲を慌てさせる。

しかし、運転席の凱斗は美咲には目もくれない。

（どうして……）

灯りのない路肩に停まったまま動かない車。

（食事に行くんじゃなかったの……？）

てっきりそうだと思ってついてきたのに、凱斗は頬杖をつき、ある場所を見つめ続けている。

時刻は七時三十分になろうとしていた。エンジンが切られてまもなく二十分になる。

息がつまるほどの沈黙に耐え切れず、美咲はひそかなため息を落とした。

（この人いったい何をしているの……？）

ここは、とある閑静な住宅街の一角。高校卒業まで地方の田舎町で育った美咲でさえ、上京前からその街の名を知っていた。お洒落《しゃれ》なカフェやレストランが並び、各国の大使館が集まる、ハイソサエティな街である。

美咲も大学時代に一度だけ訪れたことがあった。それは、パンケーキブームが盛りを迎えたころのこと。

女子四人、雑誌に紹介されていたカフェで豪華なデコレーションのパンケーキを食べて、住宅街を散策した。

都心とは思えないほど、静かで緑豊かな街並み。通りの左右に並んでいるのは洒落《しゃれ》た低層マンション。庶民には手の届かない超高級物件だ。敷地内に停まっている車はすべてラグジュアリークラス。通行人はみなセレブ風な装いで、外国人の割合も高い。

美咲が暮らしている場所とは雰囲気が違う。

今、凱斗が凝視している建物もヨーロッパの古い建物を模した瀟洒《しょうしゃ》な外観のマンションである。

二人が乗っている車は、その玄関が見える場所に停まっていた。

闇に溶け込むネイビーブルーの車体。ナンバープレートに刻まれた数字は3。これは、車幅が広い車や、排気量が多い車を示すナンバーである。凱斗の車は、日本が世界に技術とデザインを誇るエグゼクティブカーなのだ。

父や親戚以外の男性と二人だけで車に乗ったのは、今夜が初めてである。

憧れの大人の女性になったようで嬉しくて、ドキドキしていたのに――

路肩に車を停めたまま二十分近く会話もない。視線も向けてもらえない。

（どうして……）

美咲は膝《ひざ》の上に重ねた両手を強く握りしめた。

そのとき、静まり返った車内にバイブレーター音が響いた。

小さな音だが、沈黙のなかでは驚くほど耳につく。

凱斗がスーツの上着の内ポケットからスマートフォンを取り出した。イヤホンがついていて、その一つを片方の耳に押しこむ。

液晶画面が発する青白い光で暗い車内が少し明るくなった。

「――ああ、松永《まつなが》は女のマンションだ」

無線のマイクを扱うようにスマートフォンを口もとにあて、凱斗は答える。

その名を聞いた美咲は心のなかで呟いた。

(松永って、あの松永部長……？)

松永は美咲が勤める会社の制作二部を統《す》べる男だ。高圧的な人物で、美咲が業務で封筒を届けた際に一悶着《ひともんちゃく》あった。

(松永部長を待ってるの……？)

送迎だろうか。

それならこうしているのも納得できる。だが、それは凱斗の仕事ではないはず。

凱斗と美咲が所属するのは、庶務課。迎車の手配は総務課の仕事だ。

(どうして私まで……)

何か事情があって凱斗が運転手をしているのだとしても、彼一人でいいはずだ。

松永が美咲にいい印象を持っているとは思えない。美咲のほうも、できるなら松永には会いたくなかった。

(……もしかして松永部長を送り届けてから、食事に行くつもりとか)

ちらと、そんな考えが頭をよぎったが、美咲はすぐに否定した。

(だって建部さんの様子は松永部長を待っているというよりも……)

まるで刑事ドラマの張りこみみたいだ。

（そういえば、松永部長宛ての封筒を届けたあと、庶務課のみんながおかしなことを言っていた。あの封筒の中身をスキャンしたとかなんとか……）

あのとき、凱斗たちは無断でなかをのぞいていたように見えた。それも封筒を開封することなく——

（開封せずになかを読み取るなんてことができるの……？）

それ以前に、他人宛ての郵便の中身を勝手に見てもいいのだろうか。

身を削られるような不安感が押し寄せ、心臓が嫌な音をたてる。

固く手を握りしめたまま、美咲は横目で凱斗をうかがった。

（この人、何をしているの？）

考えれば考えるほど、彼が張りこみをしているように思えてくる。けれど、凱斗は刑事や探偵ではなく、美咲も警察官ではない。

（刑事役の俳優さんになれそうなくらいハンサムだけど……）

凱斗は知性的かつ端整な容姿で、背が高く、スーツが似合っている。俳優やメンズ向けファッション雑誌のモデルができそうな正統派のハンサムだ。話し方や仕事ぶりからも知性が感じられる。

さらに反射神経が良くて、力も強い。美咲が危ないとき、二度も助けてくれた。

一度目は初めて会ったときだ。雨に濡《ぬ》れた床で滑って転びそうになった美咲を腕一本で抱きとめてくれた。

二度目はお茶をこぼしたとき。美咲の悲鳴を聞いてすぐにそばへきて、火傷《やけど》の心配をしてくれて——

『大丈夫か？』

どちらのときも、美咲を気遣う声はとても優しかった。

その声が今も耳に残っている。

美咲は幼稚園から大学までずっと共学で、周りにはたくさんの男性がいた。けれど、そんなふうに男の人に助けてもらったのは初めてで、頼もしさに胸がドキドキした。

彼以上にステキな男性は東京中を探してもいないのでは、と思えるほどだ。

（でも、今はそんなこと考えている場合じゃないし……）

凱斗が何をしているのか、見当もつかない。

（私、何か危ないことにまきこまれた……？）

美咲は泣き出しそうになる。

東京で働くのは子供のころからの夢だった。

その夢がかなって、この春、四年制大学を卒業して、広告代理店に正社員で就職できた。職場にいたのはとてもハンサムな男性《ひと》。

出会ったときから彼に惹かれていた。だから今日、彼に誘われたときは本当に嬉しかった。

だけど今、路肩の暗闇に停まったままの車内で、凱斗は美咲を無視して誰かと話をしている。

スマートフォンに向かって凱斗は、ああ、ああ、と相槌《あいづち》を打つばかりで、会話の内容はさっぱりわからない。

(いったいなんなの……)

置かれている状況が読めない。不安と緊張感に加えて密室の車内。息が苦しい。

それからしばらくして、ようやく凱斗の電話が終わった。

彼は、イヤホンを外す。

(……)

再び訪れる沈黙の予感に美咲はため息をついた。

「さっきからため息ばかりだな」

「……!?」

突然言葉をかけられて美咲は驚いた。

運転席へ顔を向けると、窓枠に頬杖をついた凱斗が美咲を見ながら薄く笑っている。

「あ……」

嘲《あざけ》るような彼の笑みに、美咲の頬は朱に染まった。

素知らぬふりをしながら美咲の様子をうかがっていたなんて、凱斗はイジワルだ。

美咲はうつむいた。

(私のことなんて忘れているみたいだったのに……)

握りしめた手に力がこもる。

けれど、凱斗はそれ以上何も言わなかった。

続く言葉を待ってみたものの、いつまでたっても彼は黙りこんでいる。

（……）

勇気を出して隣の様子をうかがってみた。

（え……？）

凱斗はこれまでのように、通りの向こうのマンションへ視線を戻していた。口もとの笑みも消えている。

（そんな……）

美咲は再び不安にかられる。

（……）

とうとう美咲は勇気を出して問いかけた。

「松永部長を待っているんですか……？」

「だったら？」

美咲の質問に、凱斗は質問で答えた。

「あ……」

美咲は視線を落とす。

そっけない口調。おまけに振り向きもしない。

「あの、どうして私を連れて……」

「ああ、メシにでも誘われたと思った？」

言い当てられた美咲は顔を赤くした。

自分の価値を考えてみろ——そんなふうに言われた気がした。

（……齢《とし》は八つも離れているし、私にはこれというとりえもない……）

美咲は先月大学を卒業したばかりだが、凱斗は三十歳。美咲から見れば彼は人生経験の豊かな大人だ。

それに、長身でモデルや俳優みたいな外見の凱斗に対して、美咲は十人並み——どこにでもいる容姿だった。

自分がさほど魅力的でないことはわかっている。身長も、バストのサイズも、二十代女性の平均で、卒業した大学の偏差値レベルも中の中。

（やっぱり私じゃダメなの……？）

薄々察してはいたが、凱斗の思わせぶりな態度に、ほのかな期待を抱いていただけに落胆が大きい。

うなだれる美咲の耳に、とどめをさすような言葉が入ってきた。

「庶務課が追い出し部屋ってこと、もう聞いているんだろう？　地下の薄汚い部屋で一日中、荷受け作業。どうして辞めないの？」

　美咲は目の前が真っ暗になった。

（私、不要な社員なの……？）

　硬直する美咲の前で、凱斗は画面の光が消えたスマートフォンをフロントボードの上に置いた。

無造作に置かれたスマートフォンは強化プラスチックの上を滑り、フロントガラスにあたって硬い
音をたてる。

　美咲は膝《ひざ》の上で重ねた手を再度ぎゅっと握りしめた。

「……」

　答えようと思ったが、声が出ない。

　凱斗は窓枠に頬杖をついて美咲の反応をながめている。

「……」

　美咲は苦労して一つ息をついた。そして声を絞り出す。

「……私だって本当は上の階で働きたいです……」

　声が震える。

「夢と希望と憧れを抱いて入った会社なのに、あんな地下の部屋で……」

　凱斗は黙って聞いている。

　美咲は言葉を続けた。

「……でも、ここで辞めたら、次の就職は難しいから……。大学の就職センターが、入社してもすぐに辞めるような人間は、もう一度就職活動をしても、社会人としての自覚や忍耐力に欠けると思われて評価が下がるから、再就職は難しいって……。だから、がんばるしか……」

「ふーん……」

凱斗が気のない相槌《あいづち》を打った。

「俺がいるから、じゃないんだ」

「えっ!?」

自然と視線を落としていた美咲は、凱斗の言葉に思わず顔をあげた。

「あ、いえっ、それはそのっ……」

凱斗は頬杖をついて美咲の顔を見つめている。

美咲の頬が真っ赤に染まった。

「……あ、あの……」

顔を伏せる。恥ずかしくてまともに凱斗の顔が見られない。

「……建部さんのことは、ステキだと思います」

美咲は蚊の鳴くような声でかろうじて答えた。

凱斗がいたから——

不本意な職場環境でもがんばろうと思えたのは、凱斗が言った通り、彼がいたからという面もたしかにある。

だが、凱斗からのリアクションはない。

「……」

上目遣いにおそるおそる凱斗の顔を見ると、彼は照れるどころか泰然《たいぜん》として、口もとには薄い笑みを浮かべていた。美咲はまた慌てて視線を落とす。

思いがけず本音を口にしてしまい、心臓が早鐘を打っている。

かすかに衣擦れの音がした。顔を伏せたまま様子をうかがうと、凱斗が窓枠にかけていた腕を下ろすのが見えた。

「今、つきあっている男はいるのか？」

「い、いえ……、いません……」

「ずっと？」

「……大学のときは……いましたけど……」

「けど？」

「……就活やらなんやらで、四年の夏前に自然消滅……」

美咲の言葉は尻すぼみになる。

（……どうして彼氏のコトなんか訊《き》いてくるの……？）

緊張感で手のひらや脇の下がじっとりと汗ばんでくる。身体が熱い。ブラウスの柔軟剤の香りが強くなったのが、自分でもわかった。香りは凱斗にも届いているはずである。狭い車内にいるのだから。

（やだ……）

美咲はスカートの上で強く手を握りしめた。

「その彼氏とは？」

「え？」

「経験あり？」

「そ、そんなのっ。どっちでもいいじゃないですかっ。セクハラですっ」

「よくない」

「え？」

美咲は思わず顔を彼のほうへ向けた。

本革のシートがぎしりと鳴る。

凱斗が上半身を美咲の近くへ寄せてきた。

「た……」

端整な顔が間近に迫った。

「建部さんっ……!?」

パニックになった美咲の目を見つめ、凱斗は言葉を続ける。

「答えろよ。そいつとやったのか？」

「一回……だけ……」

迫力に押され、美咲は喉《のど》の奥から答えを絞り出した。

「ほかのやつとは？」

「……っ」

首を横に振る。

気持ちがいっぱいいっぱいで、何も考えられない。泣きそうだった。

逃げ出したいが、サイドウインドーのすぐ横には白い壁が迫っていてドアが開けられない。

顔をそらす美咲を間近で見つめ、凱斗は新たな質問を繰り出す。

「俺が好きか？」

「そ……れは……」

「好きじゃなきゃ車に乗らないだろう？」

声が笑っている。

「違いますっ」

美咲は思わず否定した。

「泣き顔も可愛い」

彼の吐息が肌をかすめる。

次の瞬間、温かいものが唇に触れた。

美咲は硬直する。

凱斗の唇が自分の唇に重なっている。彼は美咲の唇を強く吸った。

（う、そっ……）

そのとき、コツンという小さな音が聞こえた。

凱斗が顔を離す。美咲は彼の肩越しに前方を見つめた。

彼の背後の窓から白い光が車内に差し込んでいた。誰かがドアの向こうから懐中電灯で車内を照らしている。

逆光になって姿は見えない。

再び窓ガラスがノックされた。今度は二度。

凱斗が姿勢を戻してドアを少し開けた。ルームライトのスイッチは切られていて、ドアを開けても車内は無灯のままである。

男の声が聞こえた。

「不審車両が壁の前に停まっていると大使館から通報があったんですよ」

「すみません」

凱斗が苦笑気味に答えた。彼は落ち着きはらっている。それとは対照的に、美咲の心臓は壊れそうなほど速く動いていた。

「念のため免許証を確認させてもらえますか」

凱斗がスーツの胸ポケットから黒い革の長財布を取り出した。なかからカードを一枚引き抜いて男に差し出す。

運転席を照らしていた懐中電灯の光が消えた。二、三秒して、今度は真横から奥まで入ってくる。眩《まぶ》しい光が凱斗越しに美咲まで照らし出す。

美咲は恥ずかしくて顔をあげられなかった。

光が消えた。

男が誰かに向かって言った。

「確認しました。車中に若い男女各一名が乗車。特に問題はないと思われます」

了解、とノイズまじりの声が答える。

凱斗に免許証を返しながら男が言った。

「このあたりは大使館が多いので一時停車は控えてください」

凱斗は愛想よく答える。

「すみません、彼女を自宅の近くまで送ってきたところでして。以後、気をつけます」

「早く移動するようにしてください」

男はそう言うと、ドアを閉めた。

やがて車の外からエンジン音がしたが、車内では、かすかな音にしか聞こえない。

オートバイが一台、そばを走り抜けていった。ハンドルを握っている男の背に、警視庁の文字が浮かんでいる。それは見る間に遠ざかっていった。

やがてオートバイが闇に溶けて見えなくなると、凱斗が笑いを含んだ声で言う。

「助けてと叫べばよかったのに。おまわりさん、この人が私に無理やりキスをって」

「あ……」

美咲は小さく声をあげた。

凱斗の言う通り、たしかに今のは車を降りるチャンスだった。けれど、キスをされた驚きと、車のなかでそんな淫《みだ》らな行為に及んでいたことを他人に知られた恥ずかしさで気が動転して、思いつかなかった。

凱斗は面白そうに嘲笑《わら》っている。

「まんざらじゃないってわけだ？」

「ちがっ……」

美咲は真っ赤になった。

しかし、はずれてはいない。

彼とキスした——ひそかに想いを寄せていた人とキスをしたのだ。

温かくて乾いた唇。

触れた瞬間、彼は美咲の唇を強く吸ってきた。

一瞬、頭のなかが真っ白になった。でも、いやではなかった。

そのうえ、凱斗はなんと言っていた？

泣き顔も可愛い――

（私が可愛い……？）

好きな相手にそんなふうに言ってもらえて、驚きと嬉しさに頭が真っ白になった。

（本当にそう思ってくれているの？）

心臓がドキドキしている。

膝《ひざ》の上で重ねた手を茫然《ぼうぜん》と見つめている美咲の耳もとで声がした。

「違う？」

その声のあまりの近さに慌てて顔を向けると、ぶつかりそうなほどすぐそばに、凱斗の顔があった。

「た、建部さん」

美咲は思わずドアのほうへ身体を引いた。

「違ったんだ？」

美咲の目を見つめ、凱斗は問いを繰り返す。

その口もとには薄い笑みが浮かんでいる。

「ホントに？」

「……」

美咲は視線を落とした。

サイドブレーキを越えて、端整な顔が迫る。

「俺が好きか？」

吐息が肌をかすめる。

「建部さん……」

美咲は戸惑いつつも、初めて凱斗に会った日を思い出していた。

第一章

入社日当日はあいにくの雨だった。それも春雨《はるさめ》とは名ばかりの本格的な雨が夜から降り続いている。

おろしたての傘を手に、美咲は目の前のビルを見あげた。

灰色の厚い雲に覆《おお》われた空に向かって、ガラス張りの建物がそびえたっている。地上三十階建て、日本の三大広告会社の一つ電栄堂《でんえいどう》の本社ビルだ。

最上階付近は白いもやに覆《おお》われていた。それがまるで、白い雲がビルのてっぺんを包み込んでいるように見える。

大学進学と同時に、地方から東京に出てきて五年目。

この大都会には、目の前のビルより高い建物がたくさんあるが、ビルに雲がかかっているように見えたのは初めてだ。

雨の日に景色を見るため空を見あげたことなどなかった。

電車のなかではスマートフォンを見ているか眠っているかで、窓の外を注意深く見つめることもあまりない。

雲に届くビル。

まるで白い天井を支えている柱のようだ。

（すごい……）

感動に心が震えた。

都心で働くことは、小さなころからの夢だった。

美咲が生まれ育ったのは、四階以上の建物はほとんどない田舎町。百貨店は県庁所在地に一店だけ。鉄道は、昼間は一時間に一本で、移動の足はもっぱら車。初夏になればカエルの大合唱が夜の町を埋めつくす。

小学生のとき、大人になったら何になりたいかという質問に、同級生の女の子たちはみな、ケーキ屋さんとか、看護師さんとか、身の回りにある職業を答えていた。けれど、美咲が抱いていた夢は、ドラマに出てくるような都会のオフィスで、スーツとヒールの高いパンプスを身につけて働く美人ＯＬだった。

その夢をかなえるため、両親に懇願して東京の大学に進学させてもらった。

美人ＯＬ――は、ちょっと遠いが、それ以外は夢が現実になろうとしている。

（今日からここで私も働くんだ……）

ガラス張りの近代的な外観のビルを見あげると、わくわくした高揚感が湧き起こってくる。

同時に緊張感と不安も足もとからはいあがってきた。

空を見るために少し傾けていた傘を戻して、美咲は周囲に目を向ける。

ビルのエントランスへ続く道の真ん中に突っ立っている美咲を背後から追いこし、電栄堂の社員たちが続々とビルの中へ入っていく。

情報や流行の発信地にふさわしく、通り過ぎていく人は男性も女性も、いかにも業界人という雰囲気でお洒落《しやれ》だ。

入社試験や何度かあった内定者懇親会に来たときは、周囲は自分と同じリクルートスーツの学生だった。緊張感やおのぼりさん的な様子がみんなから漂ってきて、安心できたが、今は見知らぬ場所に一人で放り出されたような気分で心細い。

大学では情報処理を学んだので、パソコンソフトは一通り使え、キーボードはブラインドタッチで打てるが、ほかにはこれといった資格や特技はない。大学の偏差値は二流のレベルだし、英語力も日本人の平均並み。外見だって中の中だ。

(そんな私が業界大手の電栄堂に入れるなんて……)

マグレとしか思えない。

美咲は慌てて首を横に振った。

(ダメよ、美咲！　今日から社会人なんだからしっかりしなきゃ！)

不安の沼《ぬま》に沈みそうな自分に活《かつ》を入れる。

ともかく、憧れだった世界のスタートラインに立てたのだ。

真新しい傘の柄《え》を握りしめ、美咲はエントランスに向かって一歩、踏み出した。

入社試験、内定者懇親会と、何度か歩いた場所ではあるが、今朝は気分が違う。

これからは社員として毎日歩くなんてと、心が躍《おど》った。

アプローチの先には扇形《おうぎがた》をしたガラス張りのエントランスが待ち受けている。

ガラス壁からせり出した屋根の下に入って、美咲は傘を畳んだ。

目の前には二枚の自動ドアがあり、その両脇に高さ一メートルほどの四角い機械が一台ずつ置いてあった。出勤してきた社員たちは自動ドアをくぐる前に、その機械のなかへしずくの垂れる傘を入れて、すぐに引き出している。

周囲に倣《なら》って、美咲も傘を差し入れた。その傘は学生時代に使っていたような安物ではない。これからは社会人なんだから持ち物にもそれなりのものをと、親が地元の百貨店で買ってくれた、九千八百円のブランド品だ。

モーター音とともに風が勢いよく吹き出る音が聞こえる。傘を引きあげると、わずか二、三秒なのに、水滴は見事に吹き飛んでいた。

（すごーい……）

さすが最先端の企業は違う。初めて体験する文明の利器に感動していると、三十過ぎくらいの女性ににらまれた。続々と社員がやってくる。途切れることのないその人波に対して、機械は二台しかない。前に立っていると邪魔だ。

「すみませんっ」

美咲は慌てて機械から離れた。

自動ドアの向こうは広々とした三層吹き抜けのエントランスホールで、正面奥にエレベーターホールがあり、手前左側に受付カウンター。始業時刻前だが、カウンター内にはすでに二人の受付嬢の姿があった。エレベーターホールに入る左右の角には守衛の姿も見える。

美咲は深呼吸をした。

「おはよ」

歯切れのいい挨拶《あいさつ》とともに肩をポンと叩かれる。

びっくりして振り返ると、長身の女性が立っていた。内定者懇親会で仲良くなった新入社員のなかの一人である。

「おはようございますっ」

美咲は反射的に手と足を揃えて頭をさげた。

「やだ。タメで敬語はやめてよ」

相手はおかしそうに笑った。女性にしては声が低い。

「それに、何かしこまって頭さげてるの、妹子《いもこ》」

からかうような声の調子で美咲の後頭部をつんつんとつつく。

「そ、そうだよね」

妹子と呼ばれた美咲は焦りながら急いで頭をあげた。

相手は肩を揺らして笑っている。美咲は初出勤に緊張しまくっているのに、彼女はそんな気配を微塵《みじん》も感じさせない。

彼女の名前は鈴木美咲。美咲と同姓同名、漢字まで同じである。

だが、鈴木美咲が二人もいるとややこしい。そこで彼女についたあだ名が、姉御《あねご》。

凡庸《ぼんよう》な美咲とは対照的に、こちらの美咲は百七十センチを超えるモデルのような細身の長身で、目力の強いシャープな印象の美人だった。性格も剛毅《ごうき》で、どんな場面でもひるまない。まさに姉御だ。

妹子はその姉御が美咲につけたあだ名だった。

内定者の間では姉御、妹子で定着している。

「雨なんてサイアク」

姉御はそう言いながら、濡《ぬ》れた傘を無造作に送風機へ突っ込んだ。

「靴濡《ぬ》れるっつーの。隣のホテルは地下鉄の駅とつながってンのにさァ」

「う、うん」

姉御は黒いパンツスーツの下に、シャツではなく、胸もとが深く開いたUネックのカットソーを着ていた。色は鮮やかな青。

足もとは爪先《つまさき》が尖ったポインテッドパンプスで、ヒールは細く、高い。

入社式にやってきた新入社員には見えない。この会社で数年働いているような風格がある。

思い返せば、彼女は内定者懇親会のときからそうだった。

美咲も含めてほかの内定者がみな上下揃いのリクルートスーツだったのに、彼女だけはスリムなパンツに色も素材も違うジャケットを合わせていた。

彼女も美咲やその他の内定者と同じ、この春に大学を卒業予定の学生だったのに。

空気を読み、周囲から浮かないことが必須の美咲たちの世代にとって、人生を左右する就職活動にみんなと違う服装なんてありえない。

たとえ内定者の懇親会であってもだ。

気後《きおく》れしていないどころか余裕すら感じさせる彼女に、美咲は圧倒された。

(なんかすごい……)

おまけにモデルのような美人だ。

美咲は自分たちへ寄せられる視線に気づいた。いや、自分たちではない。見られているのはもう一人の美咲だけだ。

男性はもとより女性までもが彼女を見ている。

周りにいるのはみな、広告代理店の社員である。職業柄、モデルや女優をじかに目にすることもあるだろう。

そんな彼らさえ注目する姉御。彼女には、それだけの華がある。

「……」

同姓同名で漢字も同じ二人を区別するためにつけられたあだ名、姉御と妹子。でも、彼女と並んだらまさにイモ子だ。

「自社ビルなんだから、気前よく地下道くらい掘れってーの——どうしたの、妹子？」

「う、ううん」

子供のころから憧れた高層ビルを前に、期待に躍《おど》った胸が少ししぼむ。

「おはよー！」

そのとき、新たに二人の女子内定者がやってきた。

「姉御、妹子、久しぶりー！　元気だったー？」

黄色い声がはじける。

「おー、久しぶりーって、一週間前に会ったじゃん」

長身のほうの美咲が肩を揺らす。

「えー、私、卒業式だったから懇親会行けなかったもん」

「え、あんた、いなかったっけ？」

「そうだよー。ねー、妹子」

「うん」

美咲は微苦笑を浮かべながら首を縦に振る。

一週間前にあった最後の内定者懇親会に顔を出したのは三十人。彼女のほかにも卒業式と重なって来られなかった者が二人いた。合わせて、本日、電栄堂に入社する新入社員は三十三人。男女比はほぼ半々。

「ひどいっ。忘れられたっ」

「ごめんごめん」

「ショックーっ！　私ってそんなに影薄いっ!?」

「だから、ごめんって」

騒いでいる女子は芸術系の有名大学卒業で、専攻は映像。コマーシャル制作部への配属を希望していると、いつかの懇親会で語っていた。

彼女にかぎらず、ほとんどの同期は広告代理店を目指して、大学でマーケティング論などの専門知識を学んできたキャリア志向ばかりだ。三分の二はこの会社でインターンシップも経験している。

あとからきた二人は、服装こそ美咲と同じようなフレッシャーズスーツに白いシャツの定番新入社員スタイルだが、性格的には芯《しん》が強くて積極的に前に出るタイプである。

ドラマのヒロインのような毎日を夢見て電栄堂を受けた美咲は引け目を感じていた。

（私もキャリア志向になったほうがいいのかな……）

美咲は、三人の後ろに並んでエレベーターを待つ。

前に並んだ三人は、大きな声で今日の入社式についておしゃべりをはじめた。

「集合場所、十四階の会議室だっけー？」

「入社式ってさァ、社長とか役員の長ったらしい話がつきものだよねー」

その言葉に、もう一人が頷《うなず》く。

「今日の研修も各部署の説明だって、人事の林《はやし》さんが言ってたよ」

「うわっ、ヤバイっ、私、寝そうっ」

姉御が派手に声をあげる。

エントランスホールは劇場のように音がよく響く。美咲はその響きに軽く感動した。

「すご……」

「え？」

美咲の呟きを聞きつけて姉御が振り返った。

「何がすごいって、妹子？」

「あ、ごめんっ。音が――」

そう言いかけたときだった。

「――っ!?」

つるりと足が滑った。

エントランスホールの床は大理石。雨のなかを出社した社員たちの濡《ぬ》れた靴によって、水の膜ができていた。

「妹子⁉」

あ、と思った瞬間には身体が後ろに傾いていた。

はるか頭上の天井が目に映る。美咲は自分が倒れると悟った。

とっさに頭に浮かんだのは——

（スーツが濡《ぬ》れちゃうっ）

今日のために親が買ってくれたフレッシャーズスーツなのに。しかも入社式に染みだらけのスーツで出るなんて最悪だ。

けれど、なすすべはなかった。身体が落ちていく。背中から大理石の床に叩きつけられる衝撃を美咲は覚悟した。

「っと」

「——っ！」

背中に何かがぶつかった。

どしんと重い衝撃が背筋を駆けのぼって後頭部まで走る。

「妹子⁉」

「妹子っ！」

「イモコ？」

同期たちの声にまじって、低い声が耳もとで聞こえる。

（……）

目を閉じている美咲は全身に意識をめぐらせた。

（濡《ぬ》れてない……）

美咲はピサの斜塔のように、不自然に傾いた姿勢で止まっていた。

背中の下に硬いものがある。

誰かがとっさに受け止めてくれたらしく、背中の下にあるのはその人の腕だ。

（た……すかった……）

身体じゅうの力が抜けた。

「おっと」

美咲を抱きとめている腕に力がこもる。男の人の声だ。

美咲は慌てて顔をあげた。

「……！」

安心して脱力していた身体が再び固まる。

目の前に男の顔があった。

（うそ……）

目に映ったのは頭に超がつく二枚目だ。

年齢は二十代後半か三十代前半くらいだろうか。きりっとした目もと、通った鼻筋、シャープな頬のライン。男性的な荒々しさと知性が同居した、絶妙な容貌。黒い髪は自然な感じで後ろに流している。メンズ向けファッション雑誌のモデルのようだ。実際、黒っぽいスーツがよく似合っている。

頭のなかが真っ白になった。

これほどにかっこいい男性と、こんなにも間近で向き合った経験は一度もない。

転びかけた恐怖とは別の理由で心臓が早鐘を打ちはじめる。

美咲を腕一本で抱きとめているその人は口もとをゆるめて微笑をみせると、硬直している美咲の身体を軽々と起こした。

「大丈夫か？」

端整な容貌に似合いの、魅惑的な低音の声。

「……は、……はいっ……」

自分でもわかるほどに、美咲は顔が熱くなっていた。

自分の足で立ったが、心臓がガンガン鳴っていて、まるで雲の上にいるように足もとがふわふわしている。

「す……すみませんっ……」

転びかけても離さなかった傘の柄《え》と、就活のときから使っているトートバッグの肩紐を握りしめ、声を絞り出す。気後《きおく》れして相手の顔をまともに見られない。声も喉がつまって、いつもより高くか細いものになっている。

礼の言葉を言うべきだったかもしれないが、気が動転していて思いつきもしなかった。

「新入社員？」

笑いのまじった声がかけられる。

「は、はい」

すると男が思いがけないことを言った。

「名前、訊《き》いてもいいかな？」

「あ……、鈴木、鈴木美咲、です」

「スズキミサキさん、ね。気をつけて、スズキさん」

そう言うと、その人は美咲を残してエレベーターホールの奥へ向かった。

カツカツと靴音を響かせて遠ざかっていく後ろ姿を、美咲は真っ赤な顔をして見送る。

エレベーターホールに集《つど》っている社員たちのなかでも、目立つほど長身だった。百八十センチを超えているだろう。ピンと伸びた背筋。長い手足。均整《きんせい》のとれた身体。後ろ姿も魅力的だ。歩きかたも堂々としている。

（かっこいい……）

心臓がドキドキしている。

「妹子！」

呼ばれて我に返った。

姉御だった。彼女たちと一緒だったことを美咲はすっかり忘れていた。

「あ、だ、大丈夫」

「そんなことより、あんた、今の人の顔、見た!?」

一人の女の子が大きな声をあげた。

美咲を心配するどころか、目がらんらんと輝いている。

「う、うん」

「すごいじゃん！　あんなイケメンに助けてもらえてっ！」

もう一人の同期も同じだ。

「そ、そうだね」

「しかも、あんた名前訊《き》かれたよっ！」

「う、うん……」

「ちょっとどういうことっ。どういうことよっ、このおっ」

二人に二の腕や肩を派手に叩かれる。姉御も口もとに薄い笑みを浮かべて美咲を見下ろしていた。

「や、やめてよ。どんくさいコとか思われたんだよ」

恥ずかしくてそう答えたが、美咲の心は躍《おど》っていた。

（あんな人がこの会社にいたなんて……！）

もちろん彼が美咲を気に入ってくれたかもしれないなんて、甘い夢は持っていない。

（でも……！）

都心の一等地に建つ超高層ビル。憧れの職場。そのうえ信じられないくらいのイケメン――美咲はこれからはじまる社会人生活がいっそう輝く予感がした。

ところが――

「……ここ……？」

受け取ったばかりの辞令を手にエレベーターから出た美咲は、不安な気持ちであたりを見回した。

入社して一週間がすぎた。

この一週間は三十三人の新入社員全員で、研修に明け暮れる毎日だった。

内容は、社の歴史と広告業界の置かれている現状、そして社会人としての基本的な知識やマナーの習得である。なかでも電話の応対と取引先へのメールの書きかたは、社外の専門講師からじっくり指導された。

何しろ小学生のころから携帯電話を所持していた世代である。電話は本人直通があたりまえで、誰が出てくるかわからない固定電話は怖くて触れない。友人への連絡はメールで二言三言のみ。形式ばった長文に慣れていない。それが最近の新入社員像である。一流と謳《うた》われている有名大学を卒業している美咲の同期たちの大半も、例外ではなかった。

だが、それでは社会人として通用しない。いくら名刺に携帯電話の番号が記載されていると言っても、デスクの上の固定電話は鳴るし、クライアントには官庁のお役人もいる。いまどきの若者だから、新入社員だから、では許されないのだ。そこで働いている以上、美咲たちは電栄堂の顔である。

よって始業から終業時間、ときにはそれを超えて夜の八時、九時まで、みっちり講義や実技指導を受けること一週間——三十三人の新入社員は本日、晴れて配属の日を迎えた。

だが——

総務部庶務課と書かれている辞令を手にした美咲が向かった先は、なぜか地下だった。

エレベーターを出ると、そこは小さなホールになっていて、正面に地下駐車場に通じる通用口がある。社員は公共交通機関を使っての通勤が原則なので、社用車の使用が許される役員と来訪者のための駐車場だ。

社外の来訪者が通るため、ホールの内装にはそれなりの贅《ぜい》と意匠《いしょう》が凝《こ》らしてある。だが、地下なので当然、窓はない。しかも床や壁は重厚感を出すために暗めのトーンだ。

(どうして……)

一流企業に就職できたのに。

憧れだった都心の一等地に建つ高層ビルなのに。

今日までの一週間、研修を受けていた上層階の会議室は眩《まぶ》しいくらいに明るいオフィスだった——しかし、美咲が行くように指示されたのは地下。しかも、エレベーターから降りてきたのは自分一人。

美咲は泣きたい気分で辞令を握りしめた。

見える範囲にはオフィスらしきものはなかったので、美咲はそこにいた警備員に声をかけた。

「あの……、庶務課ってどこですか……？」

五十代後半か六十過ぎくらいだろうか、警備員は美咲の父親より年配のようだ。彼はおずおずと訊《たず》ねた美咲に、一瞬、意外そうな表情を見せた。

そしてすぐに、関係者以外立ち入り禁止と表示されている左手の扉をカードキーで開けてくれた。

扉の表面は壁と同じ材質で、よく見なければ、そこに扉があるとは気づかない。目立たないようにしてあるのだろう。

「ありがとうございます」

美咲は丁寧に礼を言って、開けてもらった扉を通る。

途端に景色が一変した。

社外の人間の目に触れるホールは立派だったが、扉の向こうは化粧壁がほどこされておらず、床も壁も天井も、コンクリートむきだしの殺風景な内装だ。しかも狭くて薄暗い。幅は四メートルほど、奥行きは三メートル弱。

左側には部屋があって、その部屋の窓から灯りがもれている。通路には照明がないので、その光が唯一の灯りだ。

美咲は窓から部屋のなかをのぞく。

どうやらそこは守衛室のようだった。中央に、脚が折りたためる長テーブルが向かい合わせに置いてある。

警備員の制服を着た数人の男性がパイプ椅子に座り、テーブルを囲んで話をしていた。周囲には古そうなデスクや書類棚が並んでいて、壁にはホワイトボードやカレンダーがかかっている。雑然としたオフィスで、社員らしき人の姿はない。

（ここ……？）

美咲はますます泣きたくなった。

だが、他に部屋は見あたらない。

美咲は窓の脇にある扉をおそるおそるノックした。

扉ではなくガラスの窓が音をたてて開く。

「はい？」

窓枠に上半身を乗りあげるようにして顔を出した警備員が首をかしげた。エレベーターホールにいた警備員よりさらに年配の男性だ。

「あ、あの、私、庶務課に――」

「ああ、庶務課さんならその向こうですよ」

最後まで言う前に、初老の警備員は穏やかな笑みを浮かべて、美咲が入ってきた扉の正面にある奥の扉を指さす。

「あ……」

ここが庶務課かと思って落ち込んでいた美咲は安堵した。

「ありがとうございます」

「いいえぇ」

警備員は人あたりのよさそうな笑顔で答え、ガラス窓を閉める。

美咲は指示された扉を開けた。こちらの扉はスチール製で重く、周りのコンクリートに似たグレーとアイボリーの中間色の塗装がほどこされている。

扉の向こうはさらに殺風景だった。

床と壁と天井がコンクリート製なのは前室と変わらないが、奥行きが優に十五メートル以上はあって、その広さが無機質な感じを強めている。

どうやらここは部屋ではなく廊下のようだ。そしてなぜか臭い。かすかだが、排気ガスの臭いがする。

入ってすぐ右側には両開きの大きなスチール扉があった。この扉も灰色がかったアイボリーのペンキが塗られている。

反対側の壁の手前には、荷物用のエレベーターが一機。そしてその向こうに扉が二つ並んでいる。

奥のほうの扉は開け放たれ、そこから灯りがもれていた。

「えっ⁉　今日から一人入るんスかっ⁉」

開いている扉の奥から男の声が聞こえた。若い男だろう。張りのある元気な声だ。やたら大きい。

(私のこと……？)

美咲は辞令を握りしめた。

では、あそこが庶務課なのだろうか。

「女性がいたほうがいいと建部くんが言いましてね」

今度は穏やかな男の声がする。聞いた感じでは中年だ。

「前から申請していたんですよ」

「すぐ追い出すくせに」

「うるさい」

元気な男の言葉に、横柄《おうへい》な声があがる。こちらは魅惑的な低音である。

「でも、ここのことはまだ何も教えていないそうですから、彦太郎《げんたろう》くんもそのつもりで」

「うぃっス！」

聞こえてくるのは男性の声ばかりだった。それに上のオフィスとはあまりにも違いすぎる環境。

美咲は泣きたい気持ちで殺風景な通路を奥へと進んだ。

「あの……」

開いている扉の奥に向かっておずおずと声をかける。

「はいはい」

すると、メガネをかけた四十代なかばくらいの男性が戸口までやってきた。先ほどの穏やかな声の主だ。

柔らかい声のイメージにぴったりの外見だった。身長は百七十センチに届かないだろう。男らしさや逞《たくま》しさとは無縁の貧弱な身体つき。細い肩が少し手前に落ちている。そのせいで実際より小柄に見えた。服装はグレーのスラックスに、白いワイシャツ、濃いグレーのカーディガンと地味で、ネクタイもいたって地味な色柄。

メガネの奥の優しそうな双眸《そうぼう》が、フレッシャーズスーツで立ちつくす美咲を映して驚いたように見開かれた。

美咲は辞令と肩からさげたトートバッグの肩紐を握りしめた。

「あの、私……」

「ああ！」

男性は急いで愛想のよい笑みを浮かべた。

「今日から配属の鈴木美咲さんですね！　さあ、どうぞどうぞ！」

間違いであってほしいと祈っていた美咲の願いはこの瞬間、打ち砕かれた。

（やっぱりここが庶務課……）

倉庫のような地下の部屋だ。夢見ていた職場とはあまりにも違う。

美咲は本当に泣きそうになりながら、男性の言葉に従い戸口をくぐった。

「失礼します……」

「うわっ、可愛いっ！」

突然、大きな声がした。

びっくりした美咲は思わず足を止め、その場に固まる。

長身の若者がばたばたと靴音を響かせながらデスクの間をぬうように駆け寄ってきた。年齢は美咲と同じくらいだ。

「美咲ちゃん？　俺、梶《かじ》彦太郎。ひこたろうと書いてげんたろう！　よろしく！」

彼は、辞令を握っている美咲の右手をいきなり両手で掴んで、上下にぶんぶんと振り回す。

大型犬みたいな青年だった。身長は百八十五センチはあるだろう。肩幅もそれに比例して広い。逆に腰や下半身はぎゅっと引き締まっていた。プロテクターをつけたアメリカンフットボールの選手のようなマッチョだ。

身長と声だけでなく、顔も手も口も大きかった。目鼻立ちがはっきりしていて、眉が太い。少しバタ臭いが、まぎれもなくイケメンの部類である。まだ春だというのに、よく日に焼けた肌をしていた。服装はストレートのジーンズに、スタジャン、なかはTシャツとかなりカジュアルだ。

「す、鈴木美咲です……」

相手の迫力と無遠慮な態度に美咲は圧倒された。挨拶《あいさつ》の際、初対面の男性に手を握られたのは初めてだ。

「可愛いぃっ」

彦太郎は相好《そうごう》をでれでれに崩す。

「あ、あの……」

これほど可愛いと連呼されてあからさまに好意を示されたのも初めてだ。

困惑している美咲を見て、先ほどの中年の男性がやんわりと注意をしてくれた。

「彦太郎くん」

「あ！　ごめんごめん！」

ようやく彦太郎は手を離す。そして、その手で頭一つ分低い隣の中年男性を指さした。

「あ、こっちは課長ね」

美咲は慌てて頭をさげる。

「鈴木美咲ですっ。よろしくお願いしますっ」

「こちらこそ。マルモです」

はるかに若い彦太郎に無礼な態度をとられても嫌な顔一つ見せず、男性は丁寧に頭をさげる。

「え……？　マル……？」

「丸い毛と書いて、丸毛《まるも》と申します、はい」

頭髪に三分の一ほど白いものが混じった課長はにこにこと答える。彦太郎とは対照的に、こちらは上司なのに言葉遣いも丁寧だ。

「それから――」

彦太郎が奥へと顔を向けた。

「あっちは建部さん」

彼の言葉と指の動きを追って、美咲も視線をめぐらせる。

「――!?」

美咲は驚きのあまり目を見開いた。

「あなたは……!」

「へ?」

建部という男性ではなく、彦太郎が軽く声をあげる。

「建部くん、お知り合いですか?」

美咲の反応を見て、丸毛が言った。

「ちょっと」

訊《き》かれた男は微笑を浮かべて曖昧《あいまい》に濁《にご》した。あの時と同じ魅惑的な低音の声だ。

(うそ!? 一週間も前のことなのに、憶《おぼ》えていてくれたの!?)

美咲の心は弾んだ。

そこにいたのは、入社式の日、エントランスで滑った美咲を腕一本で抱きとめてくれた、長身の男性だった。

着ているものは先日とは違うスーツで、長い足を軽く組んでデスクの端に腰をおろし、ゆったりと美咲を見つめている。その姿は、外国のお洒落《しゃれ》なコマーシャルに出てくる男性のようにスタイリッシュで、見惚れるほどかっこいい。

「あ、あのときはありがとうございましたっ！」

美咲は深々と頭をさげた。あわやというところを助けてもらったのに、きちんと礼を言わなかったことが気になっていたのだ。

あのあと、一緒にいた姉御以外の二人の同期に騒がれた。二人は、彼が名前を訊《き》いたのは美咲を可愛いと思ったからだとか、運命の出会いだと言って、からかった。

そんな少女マンガのようなことが都合よく起きるはずはないと思ったが、それでも同じ会社に勤めているのだから、また会えるかもしれないと期待したのは事実だ。

けれど、同じ部署になれるなんて思わなかった。

何しろこのビルには契約社員やアルバイトなども合わせると千五百人以上が働いていて、五十以上の部署がある。

（それが同じ職場だったなんて……！）

「どういたしまして」

美咲の礼に答える男の口もとには微笑が浮かんでいて、眼差しは好意的だ。

「課長、女に冷たい建部さんがやたらカッコつけてまーす」

「うるさいぞ、彦太郎」

「彦太郎くん、建部くんは女性に冷たいのではなく、女性にもてないのです」

「……」

「どわっはっはっ」

室内に彦太郎の派手な笑い声が響く。彼はもてないと言われた男の顔を指さして笑っている。

だが、彦太郎と丸毛の会話も、彦太郎の笑い声も、美咲の耳には入っていなかった。ここが地下だということさえも忘れている。

(これはもしかして……!)

エレベーターを降りてからずっと抱えていた不安や泣きたい気持ちを一瞬忘れ、美咲は明るい未来を夢みた。

もっとも、そんな甘い夢も次の日にはすぐに消えてしまったが——

＊　＊　＊

努力すれば、夢はいつか必ずかなうと思っていた。

大きな挫折《ざせつ》や苦労は、さほど体験したことがない。もう少し可愛く生まれていたらとか、もう少しスタイルがよかったらとか、悩みや望みはいろいろあったが、どん底まで落ち込んだことはなかった。

家だって、父親は地方銀行に勤めるサラリーマン。近所に住んでいる両方の祖父は、年金生活のかたわら先祖代々受け継いだ田畑で、三家族が食べてもあまる量の米や野菜を作っている。お金で苦労したこともない。

東京の大学に通いたいと言ったとき、両親は、都会で一人暮らしは危ないと心配していたが、強くは反対せず、学費や生活費を送金してくれた。

就職活動も大変だったが最終的にはうまくいった。

すべてが順調だったのだ。つまずいたことなどなかった。人生はこういうものだと思っていた。

だが、現実は甘くはなかった。

初めてぶちあたった壁。

「庶務課」へ配属されて一週間がすぎた。

入社式の日は、雨のなかで淡桃色《たんとうしょく》の花を咲かせていたアプローチの桜も、すっかり葉桜に変わった。風はまだ少し冷たいが、春の日ざしは暖かい。

晴れやかな空の下、電栄堂の本社ビルが朝日をあびてきらきらと輝いている。

けれど美咲は――

上階へとのぼるエレベーターを待つ社員たちのなか、一人、地下へ降りるエレベーターへ乗り込む。

好奇の目を向けられている気がして、周囲の視線が怖かった。

光が届かない、地下フロア。

駐車場と守衛室、自家発電機能を備えたボイラー室が置かれたそこが、美咲の職場だ。

（でも、庶務課にはあの人がいる……！）

入社式の日、美咲を助けてくれたあの人――名を建部凱斗といった。

沈みこむ気持ちを切り替え、美咲はエレベーターホール脇の扉を開けた。

「おはようございます！」

守衛室に向かって元気よく声をかける。

「ああ、おはよう、美咲ちゃん」

「今朝も早いねえ」

すっかり顔なじみになった警備員たちが室内から笑顔で挨拶《あいさつ》を返してくれる。

配属初日、守衛室の扉とガラス窓は閉じていた。けれど、美咲が朝夕、毎日声をかけるようになって、その時間は開け放たれるようになった。

時刻は始業開始の二十分前。

守衛室の先にある扉を開け、奥の庶務課へ向かう。

今朝も美咲が一番乗りだった。配属初日に丸毛から渡された鍵で部屋の扉を開ける。エレベーターホールから守衛室に通じる扉はカードキーと暗証番号を組み合わせた電子ロックだが、庶務課の部屋の扉はアナログである。設計段階では作業スペースだった場所に、あとから仕切りを設けて事務所を作ったらしい。それゆえに壁の材質もここだけ違う。作業場と事務所を隔《へだ》てている一面は、断熱材入りの石膏《せっこう》ボードである。

課員は美咲も入れて四人だった。だが、その少人数に対して部屋の床面積はやたら大きい。横幅が長いのだ。手前半分を事務室として使っており、奥は倉庫。隣には宿直室があり、そことは扉一枚でつながっていた。

事務室にデスクは六台ある。部屋の正面に、古いデザインの灰色のスチール製デスク三台が島を作っていて、左の壁際に二台――これも古い型で、物置や作業台として使っている。そしてもう一台は三台の島の奥に壁を背にして置いてあった。この一台は木製の高級デスクである。どういうわけか、その孤立した一台を使っているのは、ここの責任者の丸毛ではなく、凱斗だ。

彼のデスクの横には三人掛けの古いソファとテーブルが並ぶ。

倉庫には天井までのスチールラックが置かれ、それが壁となり迷路を作っていた。棚にはデザインやサイズの違う段ボール箱やさまざまな品物が乱雑に積んである。それらは総務部が保管している備品や不用品だった。

夢見た職場とはギャップがあったが、悪いことばかりではない。美咲が入るまで男ばかりの部署だったためだろうか、雑然として殺風景な事務所は、どことなくハリウッド映画などで目にするガレージオフィスのような雰囲気があった。

(住めば都って言葉もあるし)

自分に言い聞かせる。

美咲のデスクは島を作っている三台のうちの、出入口に一番近い場所だった。

縦に三段並んだ引き出しの一番下からエプロンを取り出し、代わりにカバンを入れる。

そして、引き出しを閉めると、スーツの上からエプロンをつけて事務所を出た。

事務所の前は床にコンクリートを張っただけの何もない空間で、正面にスライド式の大きな鉄の扉がある。初めて通ったとき、美咲はここを廊下だと思ったが、実は荷物の受け渡しをする作業場だった。

美咲は事務所から持ってきた鍵で錠をはずし、スライド式の扉を開けた。

排気ガスの臭いが鼻をつく。扉の向こうは地下駐車場だ。複数の運送業者のトラックが停まっていて、積み荷を降ろしている。

「おはようございます」

美咲は作業中の配達員たちに笑顔で挨拶《あいさつ》をした。

「はよっス!」

元気な声が返ってくる。

配達員たちはみな男性で、若い。

開いた扉から事務所の前の作業場に荷物が運び込まれる。その間に美咲は荷受けの準備をした。

庶務課とは、つまるところ荷受け係だった。

事務所の倍ほどの広さがある作業場の壁には、運送会社の社名を記した紙がところどころに貼ってある。会社ごとに荷物を置く場所が決められているのだ。

運転手たちが並べている荷物は、一般の運送便で送れる最大サイズの箱から封筒まで、大きさはまちまちであった。数も相当ある。

黙々と荷物を並べている配達員のそばで、美咲も貼りつけられた送り状に荷受け印を押していく。

届いた荷物は、宛名と個数を確認して荷受け印を押したのち、庶務課でフロアごとに仕分けしてから各部署に連絡し、引き取りに来てもらう。

働きはじめて一週間、仕事にも少し慣れた。

作業をしていると守衛室のほうから丸毛が出勤してきた。

「今朝も早いですねぇ」

「あ、課長、おはようございます」

荷受け印を押す手を止めて美咲は笑顔で挨拶《あいさつ》をした。

丸毛に続いて、アルバイトの彦太郎もやってくる。

「美咲ちゃん、重いものは俺がやるから置いといていいよ」

「すみません、彦太郎さん」

アルバイトの彦太郎が美咲ちゃんで、正社員の美咲が彦太郎さんと呼んでいるのは、彦太郎のほうが二歳年上だからだ。

「今日は多いですね。私も手伝います」

丸毛も事務所から出てきた。

送られてくる荷物は平均して一日に、箱類が二百個、封筒は運送便扱いのものだけで五百通。

「課長、無理するとまたぎっくり腰になるっスよ」

「なんの……！　……あ……!?」

「課長！」

美咲と彦太郎は同時に叫んだ。

「こ、腰が……」

箱を抱えた丸毛は腰を浮かせかけたまま、不自然な姿勢で固まっている。

彦太郎が駆け寄って急いで箱を取りあげた。美咲は丸毛の身体に腕を回す。

「大丈夫ですか!?」

「す、すみません」

美咲の介助を受けて丸毛はそろそろと腰を伸ばした。

「ギクッといきそうになって」

「だから言ったじゃないっスかぁ」

丸毛が両腕でもてあました箱を片腕だけで抱えた彦太郎は、横柄《おうへい》な口調で言う。美咲は上司を気遣った。

「休んでいてください、課長」

「ですが」

「あとは私たちでやりますので」

「いえいえ。二人だけに働かせるなんてできません」

「でも……」

「つりかけただけですから大丈夫です。さあ、がんばりますよ」

丸毛の陽気なかけ声のもと、三人は再び作業にかかった。

部署によってはフレックスタイム制を導入している電栄堂だが、庶務課では勤務時間が決まっている。その始業時刻である九時を迎える直前、エレベーターホールに通じる扉が開いた。

凱斗が入ってきたのを見た美咲は頬を染めた。

「おはようございます」

丸毛や彦太郎への挨拶《あいさつ》のときに比べ、自然と声が小さくなってしまう。

「ああ」

短い答えで凱斗は事務所へ入っていく。

丸毛や彦太郎はいつもきちんと挨拶《あいさつ》してくれるが、彼は毎回無愛想だった。

初めて会ったときは微笑を向けてくれたのに、同じ職場で働きはじめてからはそっけない反応をされている。

それでも美咲は高揚感を抱き、彼の後ろ姿に見惚れていた。

スタイリッシュなスーツに、本革のビジネスバッグ。今朝も決まっている。

一緒に働きはじめて一週間になるのに、見るたびに胸がときめく。

「建部さぁん、たまには手伝ってくださいよぉっ！」

彦太郎が怒鳴った。

「ああ？」

開け放たれた戸口の向こうに消えようとしていた凱斗は足を止め、面倒くさそうに振り返った。

「課長だって美咲ちゃんだって働いているんですからぁっ」

「――」

彦太郎の言葉に凱斗の双眸《そうぼう》が動く。

視線を向けられ、美咲は焦った。

「私は別にっ……、これが仕事ですからっ」

凱斗は荷受けなどの作業をまったくしない。上司の丸毛が目の前で働いていても、だ。

その徹底ぶりは見事だった。

それを象徴するように、彼は毎日、皺《しわ》一つない高級なスーツで出勤している。今朝もその長身の体躯《たいく》にフィットしたお洒落《しゃれ》なスーツだ。

「チッチッチッ」

彦太郎が先の黒くなった指をメトロノームのように振って、舌を打ち鳴らす。

「ダメだって、美咲ちゃん。そんなふうに言うと、建部さん、ますますやらなくなるっしょ。美咲ちゃんは自前のエプロンまで持ってきてがんばっているのにさぁ」

「これは別に……、服が汚れないようにと……」

美咲は顔を赤くして、真新しいエプロンを握りしめた。

庶務課がどういう部署か知って、配属された日の帰りに買ったものだ。

地下という場所と業務の内容を知ったときはショックで、まさに光が消えた感じだった。それでも、配属されたからにはがんばるしかない。

仕事や部署が自分の望み通りにならない。会社員なら、あたりまえのことである。それが社会人というものだ。

初っ端から浴びせられた痛烈《つうれつ》な打撃に打ちのめされながらも、美咲は覚悟を決めて、このエプロンを買ったのだった。

エプロンの色はスモーキーピンク。左右に大きなポケットがついていて、左のポケットに鳥の刺《し》繍《しゅう》がワンポイントで入っている。

美咲はもっとガーリッシュなほうが好みだが、仕事で使うにはシンプルなデザインのほうがいいと思って選んだ。

彦太郎や丸毛、運送業者の配達員に、このエプロンは好評だった。

美咲が配属されるまではコンクリート打ちっぱなしの殺風景な空間に、男だけ。味気ないことこのうえない職場だと感じていた彼らは、エプロン姿の女の子がいるだけで気持ちが和む、と喜んでくれている。

しかし、今日も凱斗は冷めた表情で美咲をちらりと見たあと、鼻を鳴らして事務所に入っていった。

（……）

美咲はショックを受けた。

今、一瞬だが、目が合った。

それなのに、凱斗の反応は美咲など洟《はな》も引っかけないという感じだ。

「建部さぁああんっ」

彦太郎が野太い恨《うら》み節《ぶし》をあげる。

「まあまあ彦太郎くん、建部くんはいつものことですから」

丸毛がなだめにかかった。

「何言ってンすかっ。課長が甘いからっスよっ。たまにはびしっと言ってください！」

「えっ、あ、そ、それは……」

逆に責められ、丸毛は急に及び腰になる。

美咲は事務所のほうを見やった。

（もしかして怒らせたのかな……）

作業を手伝わないことを彦太郎に責められている目の前で、美咲がこれみよがしにエプロンをつけて働いていたら、凱斗が面白くないのは当然かもしれない。

（そんなこと気にするような人とも思えないけど……）

荷受け場からは、開け放たれた事務所の様子がよく見える。

凱斗は自分の黒いデスクにビジネスバッグを置いて、パソコンの電源を入れていた。

彼は奥のデスクで一日じゅうパソコンに向き合っている。

木製の大きなデスクとスタイリッシュなスーツを着た男。

そこだけを見れば、エリートビジネスマンのようである。

この一週間、凱斗は毎日違うスーツで出勤していた。生地もシルエットも違うが、どれも身体にぴったりフィットしている。オーダーメイドなのかもしれない。

男性の、特に会社員のファッションに関して、美咲はまだよくわからない。それでも、課長の丸毛は三着のスーツを着まわしているから、凱斗は相当お洒落《しやれ》なほうだと思った。

すらりと長い手足、伸びた背筋、端整な顔——一週間たったのに、その姿を見ると目が吸い込まれたように釘づけになり、心が甘く躍《おど》る。

（建部さん……）

もちろんその声が届くはずはなく、事務所内の凱斗は振り返りもしない。

陽光も入らない殺風景な地下の荷受け場。それでも美咲はそこが輝いて見えた。凱斗は美咲の救いだ。

（がんばろう！）

美咲は自分に活《かつ》を入れる。

次の瞬間、九時を告げるチャイムが鳴った。

＊　＊　＊

その日の午後。

美咲は誤って別のフロアに仕分けてしまったらしい封筒を持って十八階へあがった。

エレベーターの扉が開くと、眩《まぶ》しいほどの光が目に飛びこんでくる。

ビルの壁はガラス張りになっていて、建物の角に設けられているエレベーターホールからも外の景色がうかがえる。

眩《まぶ》しい日差しを背に受けながら廊下を進む美咲の心は、沈んでいた。

向かった先は制作二部の部屋。十八階に入っているのはその部署だけだった。

エレベーターホールの先にあるドアから入ると、L字型をした部屋全体がほぼ見渡せた。実に広々としている。直接陽光が入らない北側と東側の窓はブラインドを下ろしていないので、景色も見える。地下の庶務課ではのぞむべくもない風景だ。

オフィスの様子も違う。デスクの天板と壁面を埋めつくした収納の扉の色は白。カーペットはロイヤルブルー。そこに並べられたたくさんのデスクと大勢の社員。

同じ会社に勤めているのに、パソコンに向かっている人たちが眩《まぶ》しく見えた。まさに美咲が夢見ていた世界だ。

「……」

美咲はため息を落とした。

仕事には慣れてきたし、雑然としているけれどガレージオフィスのような庶務課の事務室もそれなりに気に入っている。だが、この眩《まぶ》しい光景を目の当たりにすると、気持ちがふさぐ。

(どうして私だけ……)

美咲は慌てて首を振った。

(考えちゃダメ!)

そして気持ちを切り替え、出入口近くのデスクの若い男性に声をかけた。

「あの、松永部長のお席はどちらですか?」

「ああ、あそこ。パーテーションで囲まれた」

青年は椅子に座ったまま、部屋の一番奥を指さした。

「ありがとうございます」

持ってきた封筒を抱きしめ、美咲は頭をさげて丁寧に礼を言った。

顔をあげると、青年が美咲を見つめている。

「あ、な——」

何かと美咲が訊《たず》ねようとした矢先、青年のほうが口を開いた。

「庶務課？」

「はい」

「ふうん」

どことなくバカにしたような口調だ。眼差しにも蔑視《べっし》の色が浮かんでいる。

「失礼します」

美咲は慌ててその場を離れた。

教えられた席へ向かっていると、背後から今の青年と同僚らしい男性の会話が聞こえてきた。

「うーん、いかにも新入社員って感じで、初々《ういうい》しさがいいねえ。うちにもああいうコが来てほしかったなァ」

「でも、今のコ庶務課だってさ」

「うわ。入ったばかりなのにもうお払い箱？　人事も何やってんだ」

「間違って採用したんじゃないのー？」

（お払い箱……）

美咲は抱きかかえた大判の封筒を握りしめた。

配属されて一週間だが、その言葉をすでに何度か耳にした。

不要な社員が行きつくお払い箱。庶務課は陰でそう囁《ささや》かれている。

実際、事務所は陽のささぬ地下で、仕事は荷受けと仕分け。それも忙しいのは午前中だけだ。午後になると届く荷物も減って、これといった仕事はない。

いらない社員を閑職の部署に追いやったり、劣悪な部屋に閉じ込めて、自ら退職を願い出るように仕向ける企業があると、美咲も聞いていた。

（私、不要な社員なの……？）

あの青年の言う通り、何かの間違いで採用されたのだろうか？　だから不要だと？

（……）

研修のときは毎日一緒にランチをとっていた同期の女子たちからは、配属されて以来、連絡がない。ＳＮＳのグループも、美咲を外したものが新たに作られたらしい。

（私……）

不安と心細さに胸がしめつけられる。

唇をかみしめながら、教えられた松永の席に向かった。

松永の席は美咲の肩の高さほどのパーテーションで囲ってある、半個室状態のデスクだ。四十代後半ぐらいの男が、社外の人間らしい相手と電話をしている。

美咲はパーテーションの脇で足を止めて話が終わるのを待った。

デスクにはパソコンが四台もある。一台は大型のデスクトップで、一台はノート、さらにタブレットが二台。さすが大企業の部長ともなると、こんなに多くのパソコンを操るのかと美咲は感動した。

男の電話を待つ間、美咲はタブレット端末を見つめる。

松永らしい男は美咲の視線に気づくと、焦った様子でタブレット端末の上にすっと書類を乗せた。

「何を見ているんだ？」

男は受話器を口から離し、美咲に低い声で訊《たず》ねた。

美咲は、慌てて謝罪し、視線をそらす。

やがて、男は電話を終えた。

「なんだ？」

時おり笑い声もまじえていた通話中の態度から一転、男は居丈高《いたけだか》なもの言いで美咲をにらみつけてきた。

「あの、今朝、お荷物が届いていたのですが……」

デスクに歩み寄り、美咲はおずおずと封筒を差し出した。

「すみません、間違って別のフロアに……」

「なんだとっ！」

噛《か》みつくような剣幕《けんまく》で松永が怒鳴った。あまりの険《けわ》しい口調とその声量に、フロア内が一瞬、静まり返ったほどだ。

「すみませんっ！」

美咲は急いで深く腰を折った。

「宛名も読めんのかっ」

美咲の手からひったくるように封筒が取りあげられる。

「……すみませんっ……」

美咲は恐ろしさに身を縮めながら声を絞り出した。

「まあ、庶務課だからな」

松永が嫌味たっぷりの眼差しと言葉を投げてよこす。泣きそうになった美咲は、唇を引き結んでなんとかこらえた。

（部署は関係ないのに……）

たしかに仕分けを間違えたのは自分たちのミスだ。けれど、なぜ庶務課であることをバカにされなければいけないのか。

背後から注がれる社員たちの、蔑視《べっし》を含んだ視線が痛い。

『ごめん、美咲ちゃん、これ、誤配だったらしいから、十八階の松永部長に持っていってもらえる？』

美咲はそう言ってきた彦太郎をほんの少し恨《うら》んだ。

（彦太郎さん、松永部長がこんなに怒りっぽい人だって知ってたのかな……）

そう考えたあと、美咲はかすかに首を振る。

これは自分の仕事である。彦太郎を責めるのはお門違いだ。

「松永部長」

背後から声がかかった。女性のようだが声は低い。

松永が目を向ける。

一人の女性が美咲の隣にやってきた。ずいぶんと長身だ。美咲とは十センチ以上差がある。

何げなく顔を見た美咲は、あ、と小さく声をあげた。その声を聞いて、女性も横目で美咲を見下ろす。

鈴木美咲こと姉御だった。

「なんだ？」

松永がもう一人の鈴木美咲に向かって、不機嫌さをあらわにしたまま横柄《おうへい》な口調で言った。しかし、姉御は、美咲のように物怖《ものお》じすることも、松永の威圧に臆することもなく泰然《たいぜん》と答える。

「明後日、プレゼン用に第一、第二会議室をご予約されている件ですが」

先にその場にいた美咲への遠慮や気遣いを見せることもない。そればかりか、同期なのに目が合っても反応すらなかった。

無視された、と美咲は悟った。

区別するために姉御・妹子と姉妹のように呼ばれ、彼女とは仲のよい間柄だと思っていた。内定者懇親会や研修中は、姉御のほうから気軽に話しかけてきたのだ。

今日まで友人だと思っていたのに。

「……」

唇をかみしめる美咲の横で姉御は続ける。

「役員会から同時刻に、第二、第三会議室を使用したいと申請がありまして」

「第二を譲れと？」

「そのお願いに」

松永を前にしても姉御は一歩も引かない。

彼女の配属先は総務課だった。総務と庶務——似た名称で、どちらも総務部内の部署だが、総務課は社員の勤務時間や社内施設の管理をはじめ、事務全般を扱う部署である。部屋も人事課や経理課と同じ五階だ。

内線でも事足りる内容なのに、わざわざ十八階まで課員をよこしたのは、松永の性格を懸念《けねん》してのことだろうか。

遣わされた新人の鈴木美咲は、ますます不機嫌そうになっていく松永の表情を見てもやはり顔色一つ変えない。

「収容人数の問題があるのでしたら、二階のホールに変更できますが」

松永はチッと舌を鳴らした。

「あそこは使いにくいんだ」

そう言ったあと、吐き捨てるように続けた。

「わかった。ホールでいい」

「では、第一会議室の予約も取り消してホールに変更ということで」

「ああ」

「わかりました」

姉御はその場で、手にしていたタブレット端末に予約の変更を打ち込む。

松永は忌々《いまいま》しげに、椅子の背もたれに身体を投げ出した。

「ったく、そろいもそろって」

それから苛立ちの発端を持ち込んだ庶務課の美咲に目を留めた。

「まだ何か用か？」

ぞんざいに訊《たず》ねる。

美咲は持ってきたリングファイルとペンをおずおずと差し出した。

「あ、あの、サインをお願いします……」

運送便や書留など、配達された荷物は、仕分け後、部署ごとに運送業者と伝票番号を控えたのち、サインをもらい受けて引き渡す。万が一、荷物が行方不明になっても、部署の受領サインがあれば、引き取った部署内での紛失となる。

「はっ」

松永はひったくるように美咲の手からペンを抜き取って、欄から大きくはみ出すほど乱暴にサインをした。そして帳面の上にペンを放り出す。

「あ、ありがとうございました」

美咲はふかぶかと頭をさげた。

背中に視線を感じる。もう一人の鈴木美咲が冷ややかな眼差しで自分を見下ろしているような気がして、振り返れなかった。

「……」

美咲はみじめで恥ずかしかった。華やかな広告代理店に入社して、同期はみな、この明るい職場で働いているというのに、自分は——

（たしかに私にはこれといった才能がないかもしれないけれど……）

お払い箱。

きっと姉御もそのうわさを知っているのだろう。

だから無視されたのだ。

美咲は逃げるようにその場を辞した。


庶務課に戻ると、丸毛が急須に煎茶《せんちゃ》の葉を入れていた。盆の上には彼の湯のみのほか、美咲や凱斗のマグカップも並んでいる。

「そんなっ。課長、私がやりますっ」

自分のデスクの上にリングファイルを置き、美咲は駆け寄った。

「すみませんねえ」

丸毛は人のよさそうな笑顔で礼を言うと、席へ戻っていく。

松永へ荷物を持っていってほしいと頼んだアルバイトの彦太郎はおらず、事務所には美咲と丸毛と凱斗の三人だった。

丸毛に代わって茶を煎《い》れながら、美咲は二人にそっと目をやった。

(お払い箱……)

それが事実なのだとしたら、丸毛や凱斗も不要な社員ということになる。

たしかに丸毛に関しては、そうなのかもしれないと思えてしまうところがある。

腰が低くて穏やかな性格。人あたりはとてもいいのだが、言い換えれば覇気《はき》がない。服装のセンスもいいとはいえない。社会人経験はほぼゼロの美咲の目にも、流行を生み出し時代をリードする広告代理店のような業界には向かないタイプに思えた。もっと人心が穏やかな、地方の――たとえば美咲が育った田舎の小さな役場で誠実に働くほうが、彼の性に合っている気がする。

（でも、建部さんはどうして……？）

丸毛とは対照的に、凱斗はいかにも都会的な匂いを漂わせている。センスはいいし、外見もいい。容姿と才能が比例するとは決まっていないが、凱斗に関していえば仕事もできそうな雰囲気だ。現に、常にパソコンの前に座り、ものすごい速さでタイピングしている。彼がＩＴ企業の経営者や、毎日数百億円を動かしている凄腕の証券ディーラーだと言われても、美咲は驚かないだろう。

（何かあって、ここにいるのかな……？）

わざわざ地下に配属されるような理由。

考えてみたが、もちろんわからない。

今も凱斗はデスクの上のパソコンに向かっている。リラックスした様子だが、双眸《そうぼう》は素早く上下左右に動いて画面を追っていた。マウスからはカチカチとクリック音があがる。

丸毛はといえば、デスクいっぱいに何やら小さな電子部品を広げて作業をしていた。半田ゴテまで握っている。けっこう本格的な作業だ。

（何をやっているのかしら、二人とも……）

美咲は疑問に思った。

凱斗の仕事がどんな内容のものであるか、美咲には一度も説明がない。それに丸毛のしていることはどう考えても、庶務の仕事の範疇外《はんちゅうがい》だ。

(もしかして、建部さん、本当にネットで株の売買をやっているとか……)

そこに、彦太郎が勢いよくドアを開けて飛びこんできた。

「建部さんの読み通り！　やっぱさっき美咲ちゃんに預けた封筒のなかは請求書でした！」

「え？」

いきなり自分の名が出たので、美咲はびっくりした。

驚いたのは彦太郎もだった。

「うわっ、美咲ちゃん!?」

もともとぎょろっとした大きい目を、さらに見開いている。

電気ケトルや茶葉を置いてあるテーブルは部屋の一番奥にある。そのため、凱斗に意識を向けていた彦太郎の目に、茶を煎《い》れている美咲の姿は入っていなかったらしい。

凱斗が派手なため息をついた。その表情は苦々しい。

「あ、あの……」

「鈴木さん、お茶をいただけますか？」

戸惑う美咲に、丸毛が穏やかに声をかけた。

「あ、はい」

美咲は慌てて湯気を立てている三つのカップを載せた盆を、丸毛のデスクへ運んだ。

「ありがとうございます」

丸毛は丁寧に礼を言ってから、さらに言葉を続ける。

「すみませんが、彦太郎くんの分も煎《い》れてあげてください」

「はい」

凱斗と自分のマグカップを盆に載せたまま、美咲は電気ケトルの置いてあるテーブルへ戻る。その後ろを、彦太郎が長身を丸めるようにこそこそと通り抜けていった。

凱斗が彦太郎を、バカが、というようににらむのが見えた。彦太郎はとてつもなく苦いものを食べたみたいに、顔をくしゃくしゃにしている。

(何……？)

ふたつきの水切りカゴのなかから彦太郎のマグカップを出しつつ、美咲は内心で呟いた。

(私に預けた封筒って、松永部長に持っていったあれのこと……？)

丸毛が彦太郎の分も茶を煎《い》れるように言ったのは、二人をフォローしたように思える。

これは、美咲が聞いてはいけない話なのか。

緊張感で胸がドキドキする。

何も気づかないふりを装って、急須に茶葉を足し、電気ケトルに残っていた湯を彦太郎のカップに注いだが、同じ部屋にいるのだから会話はいやでも耳に入ってくる。

「スキャンの画像データです」

（スキャン……？）

そっと盗み見ると、彦太郎が凱斗に茶色い封筒を渡していた。

封筒を開けた凱斗は、なかから紙を十五センチほど引き出す。そして、ちらっと紙面に目を走らせて、すぐにまた封筒のなかへ戻した。

「よし。これを香織《かおり》に照合させて、金額に差違があれば――」

「でも、正規の請求書だったら？」

「そのときは別のルートを探るしかないな」

（なんだろ……。香織さんって誰？　何を話しているの……？）

会話の内容が見えない。

不安を覚えながらも、盆の上に彦太郎のマグカップも載せる。

「それから、これが女の住所です」

彦太郎がスタジャンのポケットから紙片を取り出して凱斗に渡すのが目に入った。凱斗は受け取ったそれを自分のジャケットの内ポケットにしまう。

何やら秘密めいた凱斗たちの行動が、美咲の不安をさらにあおった。丸毛を見ると、こちらも相変わらず手先を器用に動かして小さな機械を組み立てている。

（何をしているの、この人たち……）

美咲は途方にくれた。

きっと訊《き》かないほうがいいのだろう。そう思って、美咲は何も気づいていないふりを装い、彦太郎に声をかけた。

「お茶、置いておきますね」

物が溢《あふ》れかえっている彦太郎のデスクの上に彼のマグカップを置く。マンガ雑誌やおもちゃなど、仕事とはまったく関係ないものだ。

「ありがとぉっ」

振り向いて答えた彦太郎は、普段通りの様子だった。

凱斗のデスクを離れて自席へと戻る彦太郎と入れ替わりに、美咲は凱斗のデスクへ行った。

凱斗はいつものようにパソコンと向かい合っている。彦太郎が渡した封筒はデスクの端にまだあった。

「……どうぞ」

美咲は彦太郎とは対照的なまでに片づいているデスクの上に、凱斗の黒いマグカップを置いた。

「どうして彦太郎なんだ」

低い声が抑揚のない口調でぼそりと言った。

「え？」

「なんであいつのほうが先なんだ」

パソコンの画面に目を向けたまま凱斗は言葉を続ける。

「あっ……」

言われていることを理解して美咲は焦った。凱斗は社員で、彦太郎はアルバイトだ。年齢も凱斗のほうが上である。

「す、すみませんっ。彦太郎さんのデスクのほうが近かったから」

「ふん」

鼻を鳴らして、凱斗は湯気を立てているマグカップを取りあげた。彼はいつも、持ち手には指を通さずに、その長い指でカップを直に持つ。

見ている美咲は思った。

(熱くないのかしら)

凱斗の茶を煎《い》れたあと、彦太郎の茶も煎《い》れたから少しは冷めているだろう。とはいえ黒い陶器のふちから白い湯気が立ちのぼっている。

けれど、その持ちかたはどこか男らしくて素敵だった。それに指の形もきれいだ。男性的な角ばった指は、柔らかくすらりとした女性の指とは違う魅力がある。

先ほどの不安や緊張感とは別の意味で、胸がドキドキした。

(この人、なんで庶務課にいるんだろう……)

改めて考えながら見つめていると、凱斗が目線をあげた。

「なんだ？」

「す、すみませんっ、なんでもありませんっ」

美咲は慌てて身体を反転させる。焦ったので、盆の上に残っている自分のマグカップのことを忘れていた。

「きゃっ！」

気づいたときには手遅れだった。

水面が大きく波打ち、マグカップのふちを越える。

すぐに凱斗がそばへやってきた。

「かかったか？」

美咲の手から盆を取りあげる。

先ほどのような不機嫌な声ではない。美咲を案じる気配が感じられる。

「少しだけ……。でも、お茶ですから」

エプロンの胸もとに、少しだけお茶がかかった。

「手は？」

「大丈夫です」

「彦太郎、ティッシュ」

凱斗がデスクに座っている彼に声をかける。

「ほーい」

彦太郎は椅子から腰を浮かすと、その長い腕を活《い》かして箱を取り、凱斗に向かって投げた。

片手で盆を持ちながら、凱斗はもう一方の手で、縦方向に回転のかかっているそれを簡単にキャッチした。美咲と違って盆は微動だにせず、マグカップのなかの茶も波打たない。

「ほら」

「あ、ありがとうございます」

差し出してくれた箱からティッシュを一枚抜き取って、美咲はエプロンの胸もとを拭いた。

盆を持ったまま、凱斗は美咲をじっと見ている。

距離の近さと視線に美咲は緊張した。

(助けてくれたのは二度目……)

こぼれたと思った瞬間には、そばに来ていた。

初めて会ったときも、倒れそうになった美咲を片手だけで受け止めてくれて――

(……)

普段は美咲なんか眼中にないという雰囲気で、ときには見下したような目をしたり、無視したりもするのに、美咲が危なくなると助けてくれる。

(どうして……)

凱斗の行動の基準がわからない。

（でも……）

優しくされると、嬉しい。

普段、冷たい分だけ、優しくされると、嬉しくなる。

心が躍《おど》る。

（やだ……）

心臓が制御不能になったポンプのように激しく動いている。

あまりにもドキドキしていて、自分の鼓動の音が耳についた。それなのに頭はぼうっとして、心はふわふわと甘い――

（何、この感覚……）

初めてだった。大学時代、つきあっていた人がいたが、こんな感覚を体験したことはない。

（やだ……、心臓の音、建部さんに聞こえちゃうんじゃ……）

そんなはずはないのに、思わず茫然《ぼうぜん》としていると、凱斗がくすりと笑った。

「まったくおまえは予想通りの行動をするな」

「え？」

言われた内容の意味がわからず見あげた美咲に、凱斗は薄い笑みを浮かべる。

「入社式の朝、おまえ、アプローチのど真ん中で会社を見上げて突っ立っていただろ。周りが不審げな眼差しを向けているのも気づかずに」

「え⁉」

美咲は驚いた。

まさか出勤してきた社員からそんな目で見られていたとは。

そんな美咲を見下ろしながら凱斗は笑みを深める。

「そのあと、いかにもパンプスなんて履いたことありませんという危なっかしい足取りで歩いているると思ったら、案の定、派手に滑って」

恥ずかしさに美咲は耳まで真っ赤になった。

（うそっ、ずっと見られていたのっ⁉）

あのときエントランスで凱斗に助けられたのは偶然だと思っていたのに、まさかビルの前から見られていたなんて。

「けど、悪くない」

「え……？」

再び見あげた美咲に、凱斗は今度は意味深な笑みを見せた。

（建部さん……？）

美咲は茫然《ぼうぜん》とその顔を見つめる。

「課長、建部さんが何か言ってまーす」

「ですね、彦太郎くん」

二人ののんびりした声が美咲の耳に届いた。

椅子の背もたれに腕をかけて、彦太郎がにやにやしながら口を開く。

「これまでの女の子はイジメまくってすぐに追い出していたくせに、美咲ちゃんには優しいんだあ?」

「サッカーくじの予想、もういらないんだな、彦太郎」

凱斗は冷たく答えた。

「げーっ。それだけは……。建部さんの予想がたよりなんだからっ!」

彦太郎は盛大に顔をしかめた。

「きったねーっ」

そのやりとりは美咲の耳にも届いていたが、美咲は聞いてはいなかった。

(悪くないって、どういう意味……? もしかして……)

美咲はいっそう鼓動が速まるのを感じた。

＊＊＊

庶務課で働きはじめて二週間がすぎた。

相変わらず凱斗は荷受けの仕事をしないし、挨拶《あいさつ》をしてもそっけない。加えて、社内の庶務課に対する否定的なうわさや職場環境など、疑問や不安はたくさんあった。

だが、課長の丸毛が説明しないことを問い質《ただ》すのは気が引ける。

美咲にできることは、今やれることを精一杯がんばるだけだった。

（課長や彦太郎さんみたいに見てくれている人もいるし、一生懸命やれば何か変わるかもしれない）

手はじめに取り組んだのが、運送伝票の整理だった。

これまで着荷も送付もそれぞれ日付ごとに保管していたが、部署ごとのファイルを作って、きちんと分けた。それにより、各部署からの問い合わせに答える時間が大幅に短縮できた。

午後の配達分については、従来は朝同様、仕分けを終えてから各部署に連絡をして引き取りにきてもらっていたが、よほど大型でないかぎり美咲は自分で配ることにした。午後の着荷数は午前の五分の一以下で、もともと昼以降は時間をもてあまし気味だったので、その解消になる。何より不要というレッテルがたとえ本当だったとしても、給料泥棒にはなりたくなかった。

運送業者の配達員ともすっかり顔なじみになった。最近では美咲ちゃんと下の名前で呼ばれている。守衛室の警備員にも可愛がられていた。

ただ、女性が一人もいないのがつらい。

お昼を一緒に食べるような友人ができないことが、寂しかった。

しかたなく、美咲は弁当を持参している。節約のためでもあるが、一人で食べに出る気がしないからだ。

自宅で一人なのはいい。けれど、同期をはじめとする女性のグループが楽しげに笑いながら食事をする横で、一人ご飯を食べるのはみじめに思えた。

幸い丸毛も奥さんが作った弁当を持ってきているので、美咲は一緒に食べることにしている。いつも昼時には、丸毛のぶんもお茶を煎《い》れ、ついでに、守衛室にも持っていった。

そして退社前には、守衛室のゴミも一緒に集める。

警備員はみな外部の警備会社から派遣された中年以上の男性ばかりだ。彼らから見れば、美咲は娘のような存在らしく、家庭的なことをすると喜んでくれる。

不要な社員なのかもしれないが、地下にいる人はみな美咲に親切で好意的だった。

たった一人をのぞいて——

午後の配達が終わって空いた時間、美咲が荷物の受け渡し伝票をパソコンに入力していると、通りかかった凱斗が声をかけてきた。

「そんなの作っても意味ないでしょ。ああ、おまえの暇つぶしか」

冷ややかな口調と言葉に美咲はうなだれた。

「……」

好意的でないたった一人の人——それは凱斗だ。

(どうして……?)

彼のことがわからなかった。

美咲を二度も助けてくれ、悪くないなどと思わせぶりなことも言ったのに。彼は最近、その唇で美咲を否定する言葉を吐く。

傷つけられたら痛い。ましてや自分が好意を寄せている相手からなら、なおさらだ。

悲しくて、つらくて、美咲は自分でも思いがけないことを言っていた。

「し、仕事をしない建部さんに、そんなこと言われたくありませんっ」

「……」

凱斗の反応はなかった。

おそるおそる見あげると、少し驚いたような表情で美咲を見下ろしている。

反論されるとは思っていなかったのだろうか。だが、ネズミだって追い詰められたらネコを噛《か》むのだ。

思いがけない凱斗の反応に勇気を得て、美咲はさらに言った。

「暇つぶしじゃありません。伝票をデータ化しておけば、問い合わせがあったとき、すぐに検索をかけられるので、スムーズに対応できるんですっ」

視線が絡み合う。

「へえ」

凱斗の口もとに薄い笑みが浮かんだ。

「俺に反論するなんていい度胸だねえ？」

美咲は慌てて顔を伏せる。

形勢は一瞬で逆転した。

「建部くん、そういう言いかたはよくないですよ」

凱斗に対していつも腰の引けている丸毛が珍しく、注意をしてくれた。

だが、凱斗は反省の色を示すどころか、ひょいと肩をすくめてデスクへ戻っていく。

美咲はおずおずと丸毛に顔を向けた。

凱斗は上司をどう思っているのか。

彦太郎は用事があるとかで、今日は昼で退社し、事務所内にいるのは美咲と凱斗と丸毛の三人だけだった。

たしかに丸毛はバリバリと仕事ができるというタイプには見えないが、上司の注意に対して今の態度はないだろう。

自分のせいで丸毛に嫌な気分を味わわせてしまったかと思うと、美咲は申し訳なかった。

だが、丸毛は小バカにしたような凱斗の反応を気にするそぶりを見せないばかりか、美咲に微笑みを向ける。

「気にしなくていいですよ。鈴木さんの言っていることは正しいですから。それに、鈴木さんのおかげで、業務も以前よりスムーズに回るようになりました。みんな、鈴木さんのような、よく気のつく可愛い女性が来てくれて、喜んでいますよ」

「そんな……」

逆に慰《なぐさ》められて美咲は恐縮した。

「いやいや。いまどきのお嬢さんにしては珍しく家庭的で。お茶と言えばペットボトルしか知らないような子が当たり前の世の中ですからねえ」

凱斗に冷たくされても、誠意をこめてやればちゃんと評価してくれる人もいる。

(今の聞こえていたよね)

嬉しくて、美咲は思わず凱斗のほうへちらっと視線を向けた。

(え……?)

怒らせたから絶対無視されていると思っていたのに、予想に反して彼と目が合った。

凱斗は頬杖をついてこちらを見ている。

美咲はまた慌ててうつむいた。

(やだ、私……。もしかして、今、勝ち誇ったような表情してた……? それって態度が悪いよね?)

ケンカを売る気も、自慢する気もなかった。ただ、がんばりを認められたことが嬉しかったのだ。

(どうしよう……)

冷や汗が出てきた。

諍《いさか》いは苦手だ。それも凱斗を相手になんて、勝てるはずがない。

（……）

おそるおそる横目で反応をうかがうと、凱斗はまだ美咲を見つめている。

端整なその顔には、これといった表情は浮かんでいない。

その無表情さが逆に不気味だ。

（やだっ、怒ってる……!?）

美咲は三度顔を伏せた。

（違うのにっ……。建部さんを非難するつもりも恥をかかせるつもりも、なかったのにっ……）

心臓が壊れそうなほど激しく脈打っている。

そこに救いの神が現れた。

「荷物でーす」

半分だけ開けてあった扉から、運送業者の配達員が新たな配達物を抱えて作業場に入ってきた。

「あっ、はいっ」

逃げるように美咲は席を立った。

届いたのは書類らしき封筒が四つだけ。

事務所の戸口で受け取って、その場で荷受け印を押す。

「ありがとうございます」

内心はまだ動揺しながら、表面上はいつも通り笑顔で伝票を引き渡すと、入れ替わりに配達員が小さな紙を差し出してきた。

「……？」

それは、配達員の名刺だった。

氏名や運送業者の社名、住所、電話番号が印刷された余白に、青いボールペンの手書き文字で携帯電話のメールアドレスが書いてある。

ハッとなって思わず相手の顔を見た美咲に、配達員は少し照れたような笑みを浮かべて、小声で言った。

「よかったら連絡ちょーだい」

この界隈《かいわい》の担当で、毎日朝と午後の二回、多い時は日に三回も四回も来るので、美咲とも顔なじみになった一人である。身長は百七十センチ前後、年齢は二十代半ば。顔や手は彦太郎と同じくらいよく日に焼けていて、その肌の間から見える白い歯と爽《さわ》やかな笑顔が印象的な好青年だ。

「……」

どう対応していいのかわからず、美咲は戸惑いながらも差し出された名刺を受け取った。

配達員は嬉しそうな笑みを見せる。

「じゃ」

美咲にだけ聞こえるような声で囁《ささや》いたあと、彼は踵《きびす》を返した。

「ありがとうございました！」

いつも通りフロアじゅうに響きわたる大きな声で爽《さわ》やかに礼を言って、青年は駐車場に停めたトラックへ駆け戻っていった。

受け取った名刺を手にしたまま、その後ろ姿をしばらく見つめて、美咲は自分のデスクへ戻った。

（これって……）

手のひらにすっぽりと入った小さなカードを見つめる。

さっきとは違う理由で胸がドキドキしている。

（やっぱりそういう意味だよね……？）

美咲を気に入ってくれたのだろうか。

大学生時代につきあった人は、一年生と二年生のときに講義が一緒で、同じグループの友だちという関係からスタートした。よく知らない男性から誘われるなんて人生初だ。

（どうしよう……）

嬉しくもあり、驚きと戸惑いも感じる。

どうすればいいかとっさにはわからなくて、美咲は手書きのメールアドレスを眺めた。すると、後ろから手が伸びてきて、紙をすっと抜き取った。

「ふーん？」

魅惑的な低音が頭上から降ってくる。

びっくりしてパニックになりながら、美咲は振り返った。

「あ、あのっ、か、返してくださいっ」

手を差し出すと、意外にも凱斗はあっさり返却してくれた。

「いけないねえ。出入り業者との社外恋愛はクビになるよ」

「えっ⁉」

「社内不倫はセーフだけど、社外恋愛はアウト」

「どうしてですか⁉　不倫はいいんですか⁉」

初めて聞く内容に美咲は驚いた。不倫のほうが社会的に問題だろう。

「社内の不倫なら機密が外部にもれる心配はない。問題は当人たちだけ。だが、人間、好きな相手には、なんでもついべらべらとしゃべる。実際、汚職や脱税や事件などのタレコミもとの一位は夫の不倫に気づいた妻、二位は不倫相手の女だ」

「……」

「というわけで、出入り業者と社外恋愛するなら、クビを覚悟でがんばれよ」

凱斗は美咲の肩をポンと叩いた。

「建部くん」

美咲の斜向《はすむか》かいに座っている丸毛がやんわりとたしなめた。

「わ、私は、別に……、連絡する気なんて……」

「へえ？　嬉しそうな顔してたけど？」

「……」

美咲はうなだれ、唇を噛《か》みしめた。

凱斗は電気ケトルやコーヒーメーカーの置いてある奥のスペースへ歩いていく。

取り残された美咲は泣きたかった。

（どうして……）

たしかにモーションをかけられたことが嬉しくて喜んでいた。だからといって、つきあおうとなんて思いもよらなかったのに、美咲にその気があるような言いかたをされた。

返された名刺は、手のなかでくしゃくしゃになった。

（さっき嫌味のようなことを言ったから怒らせちゃったのかな……）

嫌われてしまっただろうか。

だとしたら、悲しかった。


結局、そのあと美咲は消沈《しょうちん》したまま終業間際まですごした。

凱斗は珍しく夕方からどこかへ出ていった。それきり帰ってこない。

「気にすることありませんよ」

いつものごとく机の上に機械部品を広げて製作にいそしんでいる丸毛が、手を動かしながら声をかけてきた。

「彼は不器用なだけですから」

美咲は人あたりのよさそうなその顔を見返した。

(不器用って、建部さんが?)

とてもそうは見えないと思っていると、丸毛は半田ゴテを置いてため息をついた。

「いったい上も何を考えているんでしょうねえ。こんなに誠実でまじめないいお嬢さんを庶務課になんか」

美咲は視線を落とした。

(でも、不要な社員って……)

いつか誰かに言われた通り、間違いで採用されたのだろうか。

容姿は十人並みだし、大学の偏差値も中のレベル、これといった才能もない。唯一のパソコンの資格だって、いまどき誰でも持っている。

実際、研修を受けていてわかったが、総務課に配属された姉御、もう一人の鈴木美咲のほうがパソコンの知識と技量ははるかに上だった。

(やっぱり私、不要な社員なの……?)

いっそう心が沈む。

そのとき、コンクリートの上を歩く靴音が聞こえた。

美咲は窓へ顔を向けた。

聞きなれた音だと思ったら、やはり凱斗だった。

駐車場のほうから入ってきて、作業場を通り抜け、まっすぐ美咲のそばへやってくる。

また何か嫌味を言われるのかと思って美咲は緊張した。

「今夜つきあえ」

うつむいた美咲の頭上から居丈高《いたけだか》な声が降ってきた。

「え……？」

思いがけない言葉に、美咲は思わず顔をあげ、凱斗を見た。

凱斗はパンツのポケットに両手を突っ込んで立っている。

「建部くん！」

斜向《はすむ》かいの丸毛が慌てたような声を発した。

「鈴木さんはまだ……」

(課長……？)

丸毛の慌てぶりに美咲は戸惑う。

だが、凱斗は丸毛の反応を無視した。

「どうする？」

まっすぐな視線に美咲は圧倒された。

（二人で……？）

頭の中に浮かんだのは、先ほど気まずくなったので仲直りのために食事でもするのだろうかという考えだった。

凱斗は美咲を見つめ、答えを待っている。

凱斗と二人で――

「……」

これまでとは違う緊張感が襲ってきた。

美咲は息を呑み込んだ。

「い、行きます」

暗闇に停まったまま動かない車の助手席で、美咲はこれまでの経緯を思い出していた。

終業後、事務所を出た凱斗は地上へはあがらず、地下駐車場に向かった。

そこに停まっていた高級車に乗せられたときは、食事に行くのだと思って喜んだのに、こんな張りこみみたいなことにつきあわされている。

その挙句、凱斗はキスまでしてきた。

どうやらこのキスは、不審車両を調べにきた警察官をごまかすためだったようだが——

警察が去りしばらくしたあと、凱斗は魅惑的な低い声で囁《ささや》いた。

「俺が好きか？」

好きかと訊《たず》ねてはいるが、美咲の好意を確信しているかのような物言いだ。だが、その不遜《ふそん》な態度さえ彼には似合っている。

「……」

美咲は思わず、正直に首を縦に動かす。

凱斗がフッと微笑《わら》った。

「素直だな」

「……建部さん……」

おずおずと見返す美咲の前で、凱斗は首をかしげた。

再び唇が重なる。

美咲の唇を凱斗は軽く吸った。上唇、下唇、角度を変えて何回も――

小さな音が耳に届く。

(こんなのって……)

激しいキスではない。だが、頭がぼうっとする。

(――!?)

美咲は目を見開いた。

スカートのなかに凱斗の手が忍び込んできたのだ。

「建部さんっ……」

美咲の目を見つめ、凱斗は薄い笑みを浮かべた。

ストッキング越しに、ゆっくりと彼の手があがってくる。

「いやっ……」

美咲は覆《おお》いかぶさっている身体を押し返そうとした。

「どうした?」

そう言いながら凱斗は、両足の間に手を差し込んでくる。

美咲は足を固く閉じた。

だが、膝《ひざ》と膝《ひざ》は強くくっつけられても、足のつけねにはわずかな隙間ができる。その隙間に二本の指が挿《はい》りこむ。

「いやあっ」

「恐がるな、痛くはしないから」

「っ……!」

凱斗は一度指を止めた。

「ほら、気持ちイイことしてやるよ」

そして、美咲の力がゆるむと同時に再び指を動かす。

「うそっ」

(こんな場所でなんて、信じられない……)

美咲はとっさに、彼の手首を掴んで引っ張った。だが、スカートから引き出せない。

角ばった硬い腕。圧倒的な男の力。

二本の指が柔らかな秘所をくいっ、くいっ、と押す。すると、そこに隠れた突起がじゅくりと疼《うず》いた。

「ぁあっ……」

凱斗がにやっと笑った。

「感じた？」

「ぁっ……」

押されるたび、存在はわかっていていても自分では決して見ることのないその小さな突起に、刺激が走る。

それだけではない。すぐに、その奥の器官までじわりと疼《うず》く。

（な、何っ、これっ……）

「やっ、どうして？」

美咲は凱斗の手首を掴んだまま身をよじった。

じれったいような、こそばゆいような、初めて経験する妖《あや》しい感覚。

「あ……ぁ、いやっ、……や……めてえっ……」

凱斗に痴態《ちたい》をさらしたくはないのに、快感は増していき、疼《うず》きが止まらない。

「うそつきだな。イイ、だろ」

太くて硬い指が、柔肉の上から小さな芽をくいっくいっと刺激する。

「ちがっ……」

感じていることを凱斗に知られるのは恥ずかしかった。

けれど、谷間の奥が濡《ぬ》れはじめている。

（そ、そんなっ……）

美咲は反射的に、そこに力を入れた。

だが、疼《うず》きは止まらない。

身体の奥からにじみ出る感覚。とろりとした体液が、谷間の後ろのほうへ流れていく。

（ダメッ、ダメェッ……）

逃げようとして、シートベルトをしたままの身体を思わず上へずらした。だが、それは逆に凱斗の指をさらに奥へ招き入れることになる。

「濡《ぬ》れてる」

耳もとで囁《ささや》かれた声が、ひどくいやらしく響く。

「つぁっ……」

美咲は夢中で首を横に振った。

「や、めて……っ……」

「どうして？　いやではないだろ？」

凱斗は笑っている。そして指がまた前の位置に戻った。

リズムをつけて柔肉を押してくる。

「は、ぁ、あんっ……」

上下左右に動く指のせいで、秘密の芽がじんじんと疼《うず》いた。

「あ、あ、あ……」

下着がじゅんと濡《ぬ》れていく。凱斗が笑った。

「前のほうにも染みてきたぞ」

「……っ……、っ……」

美咲は夢中で首を横に振った。

だが、凱斗は容赦ない。

「ストッキングの上から触っているだけなのに、おまえ、すごく濡《ぬ》れるな」

「……ぃゃぁっ……」

胸までおかしくなってきた。触られてもいないのに先端が疼《うず》く。

「あああんっ……」

シートベルトを握りしめて美咲は身悶《みもだ》えた。

「そんなにイイか？」

凱斗は美咲の反応をうかがいながら、指を動かす。

「ちが……ゃあっ、あ、ぁっ……」

下着がいっそう濡《ぬ》れたのがわかり、美咲は羞恥《しゅうち》に目をつぶった。

「じかに触ったらどうなるんだか」

そう言いながら、凱斗が少々手荒に芽を押しつぶす。

「いやあっ……」

美咲はのけぞった。

（こんなのっ、こんなのぉっ……）

足に力が入らない。

自然と足が開いていく。

彼の指先が柔肉の谷間に挿《はい》りこんできた。

「……ぁあぁっ……ああーっ……」

電流を流されたような刺激が走る。

谷の奥から淫水がどっと溢《あふ》れ出た。

（やめてぇっっ……）

だが、唐突に刺激が消えた。

「残念だ。これからなのに」

凱斗は不満げな声で言う。

「……え……？」

一瞬、美咲は何を言われたのかわからなかった。

（建……部さん……？）

ぼんやりとした意識のなか、向かいのマンションの敷地から出てくる一台の車のヘッドライトが目に映る。

「松永がマンションを出た」

運転席へ目をやると、凱斗がスマートフォンで誰かとしゃべっていた。

「ああ。追跡する」

凱斗は電話を切り、先ほどまで美咲を触っていた手で車のエンジンをかける。

ようやく美咲も状況を理解した。

（……終わり……？）

赤いテールランプを追って車が動き出す。

（うそ……）

美咲は膝《ひざ》の上で手を握りしめた。

身体の奥に、これまでとは違う疼《うず》きがある。

車はゆっくりと閑静な住宅街を走っていた。タイヤが路面をとらえるわずかな振動が、もやもやのおさまらない身体をあおる。

（そんな……）

美咲は唇を噛《か》みしめた。

赤信号で前の車が止まる。同じく車を停止させながら凱斗が顔を向けてきた。

「大丈夫か？」

「……」

美咲は恥ずかしくて顔をあげられなかった。

凱斗がふっと笑う気配が伝わってきた。

「すごく可愛かった」

美咲は耳まで真っ赤になった。

(ど、どうして……?)

こんなことがあっていいのだろうか。まだ知り合ったばかりだというのに。

暗い車内に黄色い光が点滅している。前に停まる車のウインカーだ。

前の車を追って、凱斗の車も曲がった。

何ごともなかったかのように、凱斗がいつもの平静な声で言う。

「少しがまんしろ。終わったら家まで送ってやる」

美咲は凱斗の表情をおずおずとうかがった。

(がまんって……)

美咲がどういう状態かわかっているかのような言葉――

だが、凱斗は振り向かない。運転に集中している。

「……」

今しがた美咲をもてあそんでいた指。

それを拭きもせず、ハンドルを握っている。
（も、もしかしたら指にもついているかもしれないのに、汚くないの……？）
恥ずかしさで美咲はいたたまれなかった。
（建部さん、私のことどう思って……？）
どうして急にあんなことをしたのか。
美咲は凱斗の気持ちがわからなかった。

第三章

翌朝。

（どんな顔して建部さんに会えばいいんだろう……）

美咲は羞恥心《しゅうちしん》と緊張感にさいなまれながら出社した。

昨夜、松永を乗せているらしい車が、あるタワーマンションの駐車場へ入っていくのを見届けたあと、凱斗は宣言通り、美咲の住むマンションへ彼女を送り届けた。

追跡中も、美咲のマンションへと向かっている間も、美咲は恥ずかしくて、凱斗を見ることも話しかけることもできなかった。

凱斗もしゃべらなかった。なぜ制作二部の松永部長のあとをつけていたのか、なぜ美咲に対してあんなことをしたのか、何も教えてくれない。

何もわからないままマンションの下で別れた。

（建部さん、どうして……）

事務所に向かうと、その凱斗はもとより、いつも通り丸毛や彦太郎もまだ出勤していなかった。

美咲はエプロンをつけ、荷受け場の扉を開けた。今朝もすでに複数のトラックが来ていて、荷降ろしがはじまっている。

「おはようございます」

精一杯、普段通りを装って明るく声をかけた。

「はよっス！」

「あれ、今日は感じが違う」

顔なじみになった運送業者の配達員たちは、すぐに美咲の違いに気づいた。

「あ、スーツ、クリーニングに出したので……」

美咲はしどろもどろに答えた。

これまで毎日スーツだったが、今朝は大学時代に着ていたナチュラルな雰囲気のワンピースとレギンスで、足もとはバレエシューズ。

持っているスーツはまだ二着だけ。就活で買った黒いリクルートスーツと、入社前に親が買ってくれたグレーのフレッシャーズスーツ。交互に着ていて、たまたまリクルートスーツをクリーニングに出していた昨日、もう一着のほうのスカートも凱斗の車のなかで汚してしまった。

美咲は仕方なく、クリーニング店に寄ってから出社したのだ。

「こっちのほうがいいよ」

事情を知らない配達員たちはみな笑顔でそう言った。そのなかに、昨日、美咲にメールアドレスを書いた名刺を渡してきた配達員もいる。

結局、連絡はしなかったが、心なしか嬉しそうだ。

昨日の今日で美咲の服装が変わったので、誤解を与えてしまったかもしれない。

(違うのっ……)

美咲は内心焦った。だが、説明することもできない。

昨夜のことを思い出すと、荷受け印を押しながらもいたたまれなかった。

(もしかして建部さんの車のシートも汚しちゃったんじゃ……)

前の彼と一回だけしたセックス。そのときは彼も初めてだったから愛撫はぎこちなく、美咲も緊張していて、ほとんど濡《ぬ》れなかった。だからあんなふうになってしまうなんて信じられない。

(建部さんの指にもついた……よね……)

あの長い指についた美咲の――彼はそれをぬぐいもせず、平然とハンドルを握って運転していた。

(き、汚くなかったのかな……?)

優しかったり、冷たかったり、イジワルだったり、そうかと思うと可愛いなんて言ったり。

(私のこと、どう思っているの……?)

凱斗の気持ちがわからない。

「おっはよっス!」

いつものように元気な声をあげて彦太郎が出勤してきた。

「おわっ、美咲ちゃーん」

彦太郎はもともとぎょろっとした目をまん丸に見開いた。

「お、おはようございます」

美咲は、はにかみながら挨拶《あいさつ》をした。

「かーわーいーいー」

突然、彦太郎は雄たけびをあげ、大きな身体を左右に揺すった。濃い顔はとろけそうな笑顔だ。

「めっちゃ可愛いっ！」

「あ……」

オーバーなリアクションに美咲はたじろいだ。だが、続いて出勤してきた丸毛も、配達員や彦太郎と同じく好意的な笑顔で、うんうんと頷《うなず》く。

「わが社はカジュアルな服装の人も多いですし、断然こっちのほうがいいですよ」

「そ、そうですか……？」

美咲は頬を染めた。

美咲的には仕方がなくて着てきたのだが、事情はどうあれ、可愛いと言ってもらえたら単純に嬉しい。

「そうだ、美咲ちゃん、昨夜、建部さんの車で帰ったんだって？　ヘンなことされたり、危ない目に遭《あ》ったりしなかった？」

「え!?」

彦太郎の言葉に美咲は動転した。

「あ、あの……」

頬が自分でもわかるほど熱くなる。

（バカ、美咲。うろたえたら自分でばらしているようなものじゃない）

「何かあったら俺に言えよ！」

心の中で自分を叱責する美咲のかたわら、彦太郎は胸を叩く。

「本当ですよ、鈴木さん」

丸毛もしみじみと言った。

「は、はい」

幸いにも二人には気づかれていないようで、美咲はほっとした。

荷受け作業をしながら再び昨夜のことを考える。

からかわれたのだろうか。

（そうよね。あの顔だったら絶対モテるもの……）

たくさんの女性と気軽に遊んでいるのかもしれない。

（でも……）

思い出すと、凱斗に触れられた場所がじゅんと疼《うず》いた。

（やだ……）

美咲はエプロンを握りしめた。

「何、赤くなってんだ」

突如、耳もとで聞きなれた声がした。

驚いて顔を向けると、スーツ姿の凱斗がそばにいる。

「えっ、あっ、お、おはようございますっ！」

美咲は頭が真っ白になった。

凱斗は目を細めて美咲を見下ろした。

「へえ？」

口もとに薄い笑みを浮かべている。

美咲はますます顔を赤くしてうつむいた。

（建部さんもこっちのほうがいいと思ってくれた？）

思わずそんなことを考えた美咲だったが――

「出社するとは、けっこうなタマだな」

（え……？）

反射的に顔をあげたが、凱斗は何ごともなかったような様子で事務所へ入っていく。

美咲は凍りついた。

（けっこうなタマって……）

「あ、建部さん！　昨夜、美咲ちゃんを連れて行ったんだって⁉　美咲ちゃんに言ったんですか⁉」

事務所内にいた彦太郎が凱斗を見て大きな声をあげた。

「うるさいぞ、彦太郎」

わずらわしそうに答えて、凱斗は自分のデスクへと向かう。美咲はその後ろ姿を茫然《ぼうぜん》と見送った。

（じゃあ昨夜のことはからかうどころか、嫌がらせだったの……？）

美咲は不安の沼《ぬま》に突き落とされた。

＊＊＊

その日の午後になっても、美咲の心は沈んでいた。

（そりゃ私なんか胸ないし、美人じゃないし、才能も特技もなくて、建部さんに相手にされないのはわかっているけど……）

だったらなぜ可愛いなんて言ったのだろうか。

凱斗の気持ちがわからなかった。

（ひどい人なのかな……）

美咲はデスクにいる凱斗を見やった。

今日もパソコンに向かっている。

あの端整な顔が昨夜すぐそばに近づき——マウスを掴んでいる指が美咲の局部に触れてきた。

今、丸毛と彦太郎は不在にしており、事務所には美咲と凱斗の二人だけだった。だが、凱斗は話しかけてはこない。目はパソコンの画面を追っている。美咲の存在なんか気にもとめてないようだ。

美咲は顔を戻し、視線を落とした。

(やっぱり気まぐれ?)

胸が痛い。傷つくのは、彼に恋をしているからだと改めて認識した。

(なのに……)

「すみません」

開け放した扉から女性が声をかけてきた。ものすごい美人だった。首から社員を示す青いＩＤカードをさげている。

「あ、はい」

女性のあまりの綺麗さに圧倒されながら美咲は応対のために立ちあがった。

「鈴木」

奥から声がかかった。

「いい」

「え?」

普段、庶務課の仕事は何もしない凱斗が美咲を制して、自分が出て行った。手に大型の封筒を持っている。

廊下へ出た凱斗はそのまま美女を荷受け場の隅へ連れて行った。

二人は美咲に背を向けて話をはじめる。話の内容は聞こえなかったが、美咲は苦い思いを噛《か》みしめた。

（そうだよね……。あんなにかっこいい人だったら恋人いるよね……）

彼女がそうなのかはわからないが。

だが、二人の雰囲気は会社の同僚以上のものを感じさせた。

女性の年齢は凱斗と同じくらいだった。ふんわりカールさせたナチュラルなブラウンヘアで、知的な雰囲気があり、プロポーションも抜群。適度に豊かな胸、細いウエスト、キュッと突き出たヒップのナイスバディをぴったりフィットしたスーツに包み、足もとは折れそうほど細くて高いヒール。それでいていやらしさがない。エレガンスとはこういうものだと見せつけられているようで、ため息が出る。何より凱斗とつりあっている。

（ああいう人が建部さんの好みなら、私なんて道端に転がっている石ころみたいなもの……。それなのに私ったら、一瞬でも、好かれているかもなんて思ったりして……）

自分がみじめになり、涙がにじむ。

美咲は席を立ち、事務所の横の部屋に続くドアを開けた。

そこは警備員が夜間に交替で使用している宿直室だ。事務所と荷物用エレベーターの間にあり、庶務課からも廊下からも出入りできるようになっている。この時間は無人だった。

内部は一段高くなっていて、畳が敷いてある。エレベーター側に布団などをしまっている押入れがあり、庶務課側の扉の横にはキッチンがあった。窓はない。

美咲は冷たいコンクリートの壁に背をあずけた。

脳裏に美女が浮かぶ。

いかにも仕事ができそうで、美人で、スタイルがよくて。

それは美咲が幼いころに夢見た姿だった。対して自分は――

うなだれた美咲の目に、ナチュラルなワンピースとぺたんこのバレエシューズが映った。

胸はないし、容姿や才能は十人並み。

あの美女と比べたら天と地の差である。

(建部さんは……)

凱斗は嫌がらせをするほど、美咲に部署を出ていってもらいたいと思っているのかもしれない。

涙が溢《あふ》れた。

昨日凱斗に誘われてうれしかったのに。

彼がいたから、彼に会えるから、がんばって今日も出社した。

(こんなのって……)

美咲は両腕で頭を抱えてうずくまった。

配属のときと同じだ。

努力すれば夢はかなうと思っていた。でも、それは幻想だった。

世のなかにはどうしようもないことが、どうあがいても越えられない壁があった。

足音がした。まっすぐこちらへやってくる。

「おい」

戸口の向こうで凱斗が声を発した。

美咲は膝《ひざ》の上に伏せていた顔をあげた。

頬を伝っている涙のあとを見て、凱斗は驚いたようだった。

すぐに凱斗は宿直室に入ってきた。照明のスイッチが入れられる。そして彼はドアを閉め、内側から鍵をかけた。

「どうした？」

美咲は何も言えなかった。凱斗を改めて見て悲しみがこみあげ、涙となって流れる。

凱斗が腰を落とし、美咲の手首を掴んだ。強い力で美咲を引っ張りあげる。

「泣いていちゃわからないだろ。何があった」

これまで聞いたことのない真剣な声だった。

「……放っておいてくださいっ……」

手首を握られたまま美咲は両手で顔を覆《おお》った。

「放っとけないだろ」

「私にかまわないでっ。どうせ私なんかっ……」

不要な社員だけじゃない。凱斗にとっても不要な存在。

美咲の手は、彼によって顔から引き離された。

瞼《まぶた》をあげると凱斗が間近から見つめている。

「何を言っているんだ、おまえ」

「……だって……」

新たな涙が流れた。

(好きなんだもの……。きっと昨夜は嫌がらせされただけで、建部さんのほうは私を好きなんかじゃないってわかっているけど、それでも私は好きなんだもの……)

遊ばれているのに気づかず一瞬でも喜んだ自分が恥ずかしくて、みじめで、哀れで。

ふっと凱斗が笑みをこぼした。

「香織のことか？　妬《や》いているのか？」

先ほどの女性は香織というらしい。

聞きたくない、と美咲は首を横に振った。

(名前、呼び捨てなんだ……)

やはり昨夜のことは嫌がらせだったのだ。

凱斗の好みは、あの女の人のようなタイプなのだろう。

悲しくて、切なくて、涙が溢《あふ》れ続ける。

「うそつけ。だったらなんで泣いているんだ。妬《や》いているんだろ?」

逆に凱斗はどこか嬉しそうだ。

(そう! でもっ、でもっ……)

悲しいのは凱斗に必要とされないから。お払い箱の自分がみじめで悔しいから。

唐突に凱斗が背中に腕を回してきた。

「建部さん!?」

「バカだな、おまえ」

硬い腕が美咲を抱きしめる。

「……建部さん……」

言葉の意味が掴めず、美咲は戸惑う。次の瞬間——

「えっ!? いやっ……!」

ヒップを掴まれて、美咲は動揺する。

「大きな声を出すな。聞こえるぞ」

凱斗は薄く笑い、ワンピースの上から美咲の身体をまさぐる。

「昨日の続きだ。おまえが一番、可愛いって教えてやるよ」

「え？」

反射的に、美咲は凱斗の身体を押し返そうとした。だが、美咲を抱きしめる腕の力は強く、抜け出せない。

「どうした？　昨夜はあんなに可愛い声をあげてくれたじゃないか」

美咲は夢中で首を横に振った。

ここは会社だ。いつ、誰が、部屋に入ってくるかわからない。

だが、そんな美咲の困惑など意に介さず、凱斗は後ろから両足の間に手を差し込んでくる。

「かなり色っぽかったぞ」

「……！」

美咲はのけぞった。その反動を利用して、凱斗は美咲を抱きあげる。

「おあつらえ向きに畳もある」


「あ、ぁ、あっ……」

畳の上にあおむけにされた美咲は、濡《ぬ》れた声を発した。

凱斗の手がワンピースのなかに入っている。

「昨夜は悪かった。途中で放り出されてつらかったよな」

レギンスは太ももの中ほどまで引きずりおろされて、穿《は》いているのは下着だけ。その上から、昨日のように凱斗は柔らかい秘所を刺激してくる。

「やっ、あっ、……ぁ……」

昨日と同じ、じゅくじゅくとした疼《うず》きに美咲は身悶《みもだ》える。

「帰ってから自分でやったのか？」

「してませんっ」

「じゃあ、どうしたんだ？　あれだけ乱れてちゃ、イカなきゃ収まらなかっただろ」

「何も、してないっ」

「へえ？」

指が一本、薄い布地を持ちあげて、横からなかへ入ってきた。

「あれだけ濡《ぬ》らしていたのに？」

声が笑っている。

下着はすでに昨夜と同じくらい濡《ぬ》れていた。

「邪魔なものはさっさと脱いでしまおうか」

（――――！）

美咲の返事を待たず、凱斗は下着も引きおろした。そのままレギンスごと一気に足首のほうへ引きずりおろす。

「ダメッ」

抵抗したが、男の力にはかなわなかった。筍《たけのこ》の皮をむくように、レギンスを足首までずらされて、片足が抜かれる。

（……っ……！）

美咲はとっさに膝《ひざ》を閉じた。

だが、凱斗は容赦しない。覆《おお》うものがなくなった部分に、指がじかに触れる。

これまでとは違うざわざわとした感覚が背筋を走った。秘毛がかき乱され、凱斗の指に絡んでいる。

「……や……」

恥ずかしくてたまらない。

「お願い……」

美咲は、凱斗の手首を掴み懇願した。

「ダメだ。このままじゃ、おまえもつらいだろ」

低い声が耳もとで甘く淫《みだ》らに響く。

昨夜と同じように二本の指が足の間へ挿《はい》ってきた。

「っ……」

美咲は太ももに力をこめた。

「おい」

指を挟まれた凱斗が笑っている。

「昨日は可愛かったのに……」

可愛いと言われてしまうと、少しは凱斗に好かれているのかと、つい勘違いしそうになる。

美咲の力は、思わずゆるんだ。

「ぁっ……」

美咲の抵抗が弱まるとすぐ、指がさらに奥へ挿《はい》ってきた。

「ほら、もうぐしょぐしょだ」

凱斗はわざと声にする。

美咲は真っ赤になった。

指が動き出す。

「いやあっ……」

昨夜は布に覆《おお》われて護《まも》られていた谷間の奥まで、硬い指が無遠慮に挿《はい》りこんでくる。

自分ですら触れたことのない秘密の部分が暴かれる。

（ダメッ、ダメェッ）

たまらなく恥ずかしくて、美咲は膝《ひざ》を交差させた。

「おい」

これまでよりもっと強く手を挟まれ動けなくなった凱斗が文句を言ったが、美咲は力を緩めない。

「ふうん？」

手が少し後退する。諦めたのかと思ったのもつかの間だった。

「んんーっ……」

凱斗が小さな突起を指先で弾く。

昨夜以上の刺激的な感覚に、谷間の奥が勝手にひくつく。

「や、ゃぁっ……」

美咲は硬直した。だが、凱斗は、気にしない。

「これ、好きだろ」

そう言って、指を小刻みに動かす。

「いやあっ……」

激しい疼《うず》きが電流のように駆け巡った。

足を閉じていられない。

「いやっ、いやっ……」

「いや、じゃないだろ？　それとも、これじゃあ物足りないのか？　もっと激しくしたほうがいいか？」

言葉通り、小さな突起は壊れそうなほど激しく上下左右に動かされる。

「おまえ、香織に妬《や》いてたんだろ？」

「知りませんっ」

話をむしかえされて、美咲は首を横に振る。

「こんなことされているのに、まだ俺のこと信じられない？」

「そんなの、知らないっ」

こんなことをされるのは初めてだ。

凱斗の気持ちなど、美咲にはまったくわからない。

「ふうん？」

ただ、美咲を見つめる凱斗からは、なぜかいつもの余裕が消えていた。どこか切なそうな表情を美咲に向けている。

「これなら、大丈夫か？」

凱斗は小さく笑い、ソフトな刺激にきりかえる。

「……ぁあっ、あ……」

一息つけたのもつかの間、疼《うず》くような感覚に美咲は再び喘《あえ》いだ。

「気持ちいいだろ？」

触れるか触れないかという優しい動きで指が動く。

「そんな、こ、とっ」

「可愛いな。こんなに濡《ぬ》らして」

一本の指で突起を刺激しながら、別の指は再び谷間へ潜《もぐ》りこむ。

「そ、んなっ……ぁ……」

「どんどん出てくるぞ？」

「ダメッ」

谷間のさらに奥へ、指が挿《はい》ってきた。

反射的に力が入る。

「痛いか？」

「……」

美咲はかすかに首を横へ動かした。

一瞬だけ痛みが走ったが、泉のように愛液が溢《あふ》れているせいだろうか、あっさりと奥まで指を受け入れてしまう。

（そんなっ……）

身体のなかに凱斗の指がある。痛みが走った入口付近が熱い。

自分の身に起きていることが信じられなかった。

「熱いな」

耳もとで低い声が呟く。

美咲が横目におずおずと視線を向けると、凱斗は薄く笑っている。

「本当に経験が乏《とぼ》しんだな」

「え……？」

「狭い」

美咲は真っ赤になった。

凱斗はからかうような笑みを微笑に変えると、美咲の瞼《まぶた》に唇をあてた。

「建部さん……」

「恐がらなくていい。よくしてやるよ」

指が動いた。

「あっ……」

先ほどと同じように、ぴりっとした痛みが走る。

「痛いっ」

「まだ指一本だぞ」

「で、でもっ」

「わかったよ」

凱斗は前後には動かさず、挿《い》れっ放しの状態で、指の先だけを曲げたり伸ばしたりする。

身体の奥で動く指。触れたことのない媚肉が内側から腹部のほうへ押されている。

「ぁああっ」

経験したことのない感覚に、美咲は濡《ぬ》れた悲鳴をあげた。

「痛いか？」

思わず首を横に振った。

「……」

「痛くないんだな？」

そう言うと、凱斗は徐々に指の動きを大きくした。

最初は指先を軽く曲げるだけだったのに、第二関節のあたりから折り、前後左右に揺れ動かして、媚肉をえぐる。

「ぁああっ……」

ぐちょぐちょという濡《ぬ》れた音が、昨夜より大きくあがった。

「いやあっ……」

たまらなく恥ずかしかった。

それなのに痛みはなく、こわばっていた身体がほぐれていく。

「……あ、あ、あ……」

「慣れてきたか？」

「んんっ……」

「だったらこれは？」

指を挿入したまま、その手の親指で美咲の芽を弾く。

「ああっ」

びくっと腰がはねた。

「これ、弄《いじ》られるの好きだろ」

凱斗が指の先で小さな芽をくりくりと転がす。

「ぁ、あっ……、い、や……」

びくびくと腰が動いてしまう。

凱斗が笑いながら、耳もとに息と声を吹きこんできた。

「ここ、大きくなってきた」

「……ぁっ……」

「わかるか？　こうすると――」

凱斗が親指を激しく動かす。

「なかまで締まる」

「そんなっ……」

だが、凱斗の言う通り、親指が動くと、指を挿《い》れられている部分にも勝手に力が入る。

「んーっ……」

おまけにブラジャーのなかで乳首までジンジンと疼《うず》いてきた。

まだこの状況を受け入れられなくて戸惑っているのに、昨夜と同じで感じてしまう。

「ぁああっんっ……」

凱斗に小刻みになかを刺激されると、背筋がそりかえった。

「ぁあっ、ぁ、ゃあっ……んんっ……」

凱斗の指を思いきり締めつける。

「はぁぁんっ……」

美咲はもう何も考えられなくなっていた。

快感に身をまかせてぐったりと、身体の力を抜く。

それを確認した凱斗は、身体を起こすと乱暴に上着を脱いだ。次いでベルトを外して、コンドームをつける。

「挿《い》れていいか?」

焦《じ》れたような苦しげな声で言われ、美咲は思わず、こくんと頷《うなず》いた。

膝《ひざ》が割り開かれる。

凱斗は美咲の両足を抱え、身体を滑りこませた。

ワンピースが腰までめくれあがる。何も身につけていない下半身があらわになったうえに、両足まで大きく開かれている。

羞恥《しゅうち》に耐えきれず美咲はギュッと目をつむった。

次の瞬間、両足の間に硬いものが触れた。

「いやぁっ……」

本能的に、入口がぎゅっと閉じる。

「力を入れるな。余計に痛いぞ」

そう言うと凱斗は、ゆっくりと突き刺す。

「んーっ……！」

美咲はのけぞった。

硬くて大きなものが、身体のなかへずぶりっと挿《はい》ってくる。

(痛ぃっ……)

前の彼のよりずっと大きくて、長くて硬い。痛みも強かった。まるで灼熱《しゃくねつ》の棒を突っ込まれているよう。

反射的に上へ逃げようとしたが、硬い腕と体躯《たいく》にがっしりと押さえこまれて身動きすらとれない。

その間にも、灼熱《しゃくねつ》の棒は身体の奥まで一気に挿《はい》ってくる。

「……ぁ……」

衝撃と痛みで何も考えられない。

凱斗の動きが止まった。

「いた……い……」

衝撃が消えたのでようやく声を出すことができたが、ピリピリとした鋭《するど》い痛みはなくならない。

「ああ、悪かった」

凱斗は優しい声音でそう言い、そのまま動かずにいてくれる。

硬直したまま動けない美咲の額に何度もキスをした。

「まだ痛いか？」

入口のあたりが熱くほてって、痛む。

美咲は首をほんの少し縦に動かした。

二度目なのに、薄れている記憶のなかの痛みより強い気がする。

戸惑っていると、身体の上の凱斗が質問を重ねてきた。

「本当に、自分でしたりしないんだな」

「え？」

一瞬何を言われているのかわからなかったが、理解した瞬間、美咲の顔が熱を持つ。

「し、しませんっ」

「ホントに、一度も？」

凱斗の声はどこか楽しそうだ。

「したことないっ……」

そういうことをする女性がいることは知っていたが、美咲はこれまで何一つしたことがなかった。

「そうか」

涙がにじんだ美咲の目を見て、凱斗は苦笑交じりにそう言う。

「それなら処女と変わらない。まだ慣れてないんだから、痛いだろ」

凱斗はそっと身体を起こす。

「んんっ……」

彼は静かに動いたが、それでも痛みが走って美咲は呻《うめ》いた。

大きく開いた足の間に、凱斗が指を寄せてくる。

「あっ……!?」

美咲は慌てたが、凱斗は取りあわず、下生えをかきわけて合間に指を入れる。

「ダメッ……」

「いいから。痛いのは、いやだろ」

「……」

指の先で秘芽をくりくりと動かされ、美咲は甲高《かんだか》い声をあげた。

「あンっ、ん、ぁっ……」

疼《うず》くような感覚が広がり、内部の痛みが薄まっていく。

(そんなっ……)

戸惑ったが、淫《みだ》らな疼《うず》きはどんどん大きくなる。

「はんっ……ん、ぁ……ああっ……」

先ほどと同じように、それを弄《いじ》られると、なかがきゅうっと締まる。

「ンンっ……」

美咲は眉根を寄せた。

内部の凱斗を如実に意識し、美咲の背筋はぶるりと震えた。

「はあっ……」

凱斗も熱い息をこぼす。

「そんなに締めるなよ」

そう言いながらも、彼はどこか嬉しそうだ。

「気持ちいいか？」

「そんなことない……、あ、ああっ……」

美咲はすぐに否定したが、その言葉を裏切って、またなかを締めてしまう。

「うそつけ、ほら」

凱斗は二本の指で秘芽をむくようにして、激しく動かす。

「んんーっ！」

今までとは桁《けた》はずれの、強烈な感覚が美咲を襲った。

（こ、こんなのっ……、でもっ、ああっ……！）

さらにぎゅっと美咲の花筒が締まる。

「うっ」

凱斗が思わず呻《うめ》きをもらした。

「すごいな。そんなにイイか？」

「んーっ、んーっ……」

感じすぎて逆につらい。

「ぃやっ……、あ、ぁぁあっ……」

やがて美咲は、挿《はい》っているだけじゃ物足りなくなってきた。

（そ、そんなっ……）

まるで何かをねだるように、勝手に内部の凱斗を締めつける。

「ああんっ……」

「よくなってきたか？」

「ち、ちがっ」

「でも、さっきから、ぎゅうぎゅう締めつけてくるじゃないか」

「し、してないっ」

「うそつき」

そう言う凱斗もこれまでよりいっそう硬く、大きくなって、美咲のなかでびくんびくんと動いている。

（建部さん、感じてるのっ……？）

そのとき、今自分が凱斗とセックスしているんだという事実を急に実感してしまった。

下半身をさらけ出し、両足を大きく広げて――凱斗と肌を合わせ、怒張した彼のものが体内に挿《はい》っている。身体と身体がつながっている。

（そんなっ……）

淫《みだ》らな行為を凱斗に許している自分がたまらなく恥ずかしかった。理性では凱斗を拒絶しなければいけないことはわかっている。それなのに心も身体も……

（あ、あ、やっ）

下腹の奥が焦《こが》れるように熱く疼《うず》いて、花筒がひくつく。

「ぁんっ、ぅんっ……んっ……」

動かない凱斗が物足りない。

（なんとかしてっ……）

美咲の声なき叫びが届いたのか――それが、ずるっ、と動いた。

「あああんっ……」

「んっ……」

腰を引いた凱斗が熱い吐息をもらした。

「そうだ。もっと締めろよ」

魅惑的な低い声が耳もとで甘く囁《ささや》く。

「で、できないっ……」

「できないことないだろ」

また太くて硬いそれが動く。

「ぁああっ……」

熟《う》れた肉襞をこすられ、美咲は嬌声《きょうせい》をあげた。

「ほら。なかがきゅうきゅうと動いて絡みついてくる」

「やぁんっ」

「はっ」

凱斗が息をつめた。

「いいぞ」

「んーっ……」

美咲の意思とは無関係に、花筒が彼を締めつける。

すると凱斗は嬉しそうな笑みをこぼした。吐き出された彼の息は、獣のように荒い。

「搾り取られそうだ」

「はああんっ……」

凱斗は悦《よろこ》んでいるが、美咲は物足りなかった。

「んぅうっ、ああっ、ぁあンっ……」

物足りなくて、物足りなくて、どうにかなりそうだ。

「ぁああっ……」

「くそっ」

突然、凱斗が毒づくと美咲の膝《ひざ》の下に両手を差し込んで、両足を高く抱えあげた。

「あぁっ」

「悪い。もうがまんできない」

ずるっと彼自身が引き出される。

「いやっ……」

抜け落ちる予感に美咲は悲鳴をあげた。次の瞬間——

「あああっ……！」

彼は、一気に奥へ挿《はい》ってきた。

「痛っ……」

入口のほうに、あの鋭《するど》い痛みを再び感じる。

だが、凱斗は激しく腰を打ちつけてきた。

「すまない」

「ぁああっ……」

美咲は細い悲鳴をあげた。

濡《ぬ》れた媚肉がこすられ、えぐられる。

痛い。

痛いはずなのに、再びかすかな気持ちよさも感じはじめていた。

「いやっ、何かくるっ……」

身体の奥から焦《じ》れるような感覚が湧き起こる。

「あ、あっ、ぁあっ……」

花筒がひくつき、痛みよりも快感のほうが大きくなっていく。

「はぁぁんっ……」

「はっ、はっ、はっ」

美咲の声に重なる、凱斗の激しい息づかい。

美咲は自分から両足を開いて、腰を押しつけた。

「……はぁっ……、イキそうか？　ほらっ……」

獣のような息を吐きながら凱斗が強く腰を突きあげる。

「あぁぁぁっ……！」

次の瞬間、悲鳴をあげて目をつむり、美咲は硬直した。

「くっ……！」

一瞬遅れて凱斗も息をつめる。

二人の動きが止まった。

音が消える。

「……」

どのくらいたってからだろう。美咲の耳に聴覚が戻ってきた。

瞼《まぶた》を開けると、凱斗がハアハア言っている。全力疾走をしたように息が荒い。

「くそっ」

（何……？）

まだぼんやりしている頭で美咲は思った。何を怒っているのだろう。

目が合った。凱斗は肩を上下させながら言う。

「熱くて狭くて、気持ちいいって言ったんだ」

美咲は頬を染めた。

息を整えた凱斗はふっと微笑《わら》う。

「可愛いな」

「……」

顔がおりてくる。

唇が合わさった。

すぐに舌が挿《はい》ってくる。凱斗は慣れなくて戸惑う美咲をたくみにリードし、舌を絡めとる。

（どうして……？）

熱いキスと激しい情交の余韻《よいん》にひたりながら、美咲は心のなかで問いかけた。

可愛い——彼がその言葉を口にしたのは何回目だろう。

自然と涙が溢《あふ》れ出る。

顔を離した凱斗が美咲のこめかみを伝う一筋の流れを見て口もとをゆるめた。

「そんなに嬉しいか？」

（違う……）

美咲は胸の内で呟いた。

彼の〝可愛い〟は誰にでも使っているリップサービスなのだろうか？

ただの気まぐれか。それとも美咲の気持ちを知っていて、欲望処理に利用しているのか。

凱斗の気持ちがわからない。それなのに、美咲は凱斗が与える快楽に流された。これはその後悔の涙なのに。

美咲の表情で、凱斗も自分の発した言葉の間違いに気づいたようだった。

「どうした？　なんで泣いているんだ」

「……たいしたタマって……」

「は？」

「こんなのっ……、一生懸命、出社してるのにっ……」

「今朝のアレか？」

凱斗は不思議そうな顔をする。

「そういう意味で言ったんじゃない」

「だったらどういう意味ですかっ！」

「感心したんだ。一応、褒めたつもりだった」

「褒め言葉!?　あれがっ!?」

美咲が声を荒らげると、凱斗は頬に手をあててきた。

「すまなかった」

珍しく謙虚な態度を見せる。そして美咲の目尻からこぼれ続ける涙を、彼は唇で吸い取った。

「建部さん……」

優しさに戸惑う美咲に、凱斗はふっと微笑みをこぼした。

「んっ……」

局部にぴりっとした痛みが走って美咲は呻《うめ》く。

「悪い」

そう言いながら凱斗は腰を動かす。

挿入されていたものが引き抜かれた。

(んーっ……)

行為の最中は別の感覚がまじっていたからか、それほど感じなかったのに、熱くて鋭《するど》い、切り裂かれるような痛みが襲ってきた。無理やり広げられていた両足の付け根はもっと痛い。

凱斗の身体が離れても動けなかった。

(こんなのって……)

身体を押さえつけていた重みは消えたが、美咲は畳の上に横たわっていた。すると、ピリピリとした疼痛《とうつう》が続く局部に何かが触れた。

美咲ははっと目をあげた。

「自分でっ」

「立てないだろ」

しとどに濡《ぬ》れた局部を凱斗がそっとぬぐってくれる。

美咲はぎゅっと目を閉じて、顔もそむけた。これまでのなかで一番恥ずかしい。

「大丈夫か?」

耳もとで優しい声がした。

大丈夫じゃない、と美咲は胸のなかで答えた。恥ずかしくて死にそうだ。

顔を見られないでいる美咲の頭に手があてられた。その手は、優しく髪をすく。

「まだ痛いか？」

気遣わしげな声に美咲はおずおずと瞼《まぶた》を開けた。

すると、凱斗が心配そうにこちらをのぞきこんでいる。その真摯《しんし》な眼差しに美咲は戸惑った。

「悪かったな」

優しい声。

美咲は首を横に振った。

ひどいことをされても、嫌いになれない。そればかりか、ほんの小さな優しさに、無常の喜びを感じてしまう。

それは――

（やっぱり好き）

声にはしなかったのに、思いが伝わったのか、凱斗が少し微笑んだ。

頬に温かい手があてられた。優しく美咲の頬を撫でる。

美咲は目を閉じた。

（夢ならずっと覚めないで）

だが、凱斗の手が止まった。

美咲は瞼《まぶた》を開けた。

凱斗が真上から見下ろしている。これまでとは違う真剣な表情だった。

(何……?)

「恐くはないか?」

不安を覚えた美咲に、凱斗はいつもより低い声で言った。

「え……?」

「ここがただの庶務じゃないって、もう気づいているだろ?」

美咲は息をすることも忘れ、まじまじと彼を見返す。

「……どういうこと?」

その問いかけに、凱斗は不透明に微笑《わら》った。

二人組の女性が荷物用エレベーターの前から台車を押してきた。

「お疲れさまです」

外で待っていた美咲が声をかける。

守衛室と荷受けの作業場に挟まれたそのスペースは、焼却物の一時保管所である。そこの管理も庶務課の仕事だ。

台車を押していた女性が通りすぎる際、声をかけた美咲へと視線を寄越した。姉御こともう一人の鈴木美咲である。

目が合った。だが、姉御は何も言わず、そのまま部署の先輩らしい女性と美咲の前を通りすぎていく。

見下したような眼差しだった。お払い箱の庶務課行きの人間なんかもう相手にしないと、その双《そう》眸《ぼう》が語っている。

「……」

美咲は視線を落とした。

わかっている。でも、傷つけられたら痛い。

美咲は二人と入れ替わりに保管所に入って、焼却物をつめてある段ボール箱がちゃんと積まれているかを確認した。個人情報や社外秘扱いの書類も入っているので、業者に引き渡すまで持ち出されないよう慎重に管理しなければならない。

業績には関係ない地味な肉体労働かもしれないが、誰かがやらなければいけない重要な仕事だ。

美咲は唇を噛《か》みしめた。

(与えられた仕事はちゃんとしよう……)

確認を終えて外に出ると、姉御たちはエレベーターの到着を待っていた。

「お払い箱って聞いてますけど、すごいイケメンですね」

姉御が話題にしたのは、どうやら凱斗のことらしい。

二人は丸毛と話をしている凱斗のほうをちらちらと見ている。

「経営管理室にいたけど、問題起こしたんだって」

姉御の言葉に、先輩が答えた。

「問題?」

「女性問題とか、派閥争いに敗れたとか、うわさはいろいろ」

「ふうん」

(派閥争い……?)

美咲は何かがおかしい、と胸のなかで呟いた。

だったら凱斗のあの言葉は——？

『ここがただの庶務じゃないって、もう気づいているだろ？』

「でも、こんな地下に落とされて辞めないなんて、すごい根性ですね。私だったら即辞めてます。みっともなくって」

そう言った姉御はほんの少し振り返って、ちらりと美咲へ視線を寄越した。

美咲が後ろで聞いているのをわかっていて言ったのだろう。

（わざと……）

美咲は両手を握りしめた。

百七十センチを超えるモデルのような美人の彼女には、みっともない職場かもしれない。

（でも不要な社員じゃない！）

荷受けも、郵便物の配達も必要な仕事だ。社外秘の書類管理だってしている。

それに、何をしているのか、はっきりとはわからないが、凱斗たちは、何か大きな任務についているようだ。

ただ美咲には、誰も何も教えてくれないけれど……

荷物用エレベーターの扉が開いた。二人はエレベーターに荷物を載せ、上の階へ戻っていく。

（……）

美咲は唇を噛《か》みしめ、陽のささぬ事務所へ戻った。

凱斗に宿直室で抱かれた日から、数日がたっている。

デスクに戻った美咲は凱斗へ目を向けた。

ただの庶務じゃないというなら、凱斗たちは何をしているのか。彼は美咲のことをどう思っているのか。何もわからない。

その凱斗は丸毛と話をしていた。

「この間のマンションは愛人名義で契約されていた。だが女は三年前に店を辞めて以来、無職。おそらく家賃も松永が払っている。それも合わせて、月々の手当ては百五十万」

「三年と少しで総額六千万円ですか。たいした金額ですねえ。証拠のほうは？」

「香織に調べさせたが、先日の明細は残念ながら正規のものだった」

「そうですか……」

「だが制作会社に水増し請求させているのはまちがいない」

「しかし毎月百五十万も不正請求させるのはかなり大変ですよ」

「何社かに分散させれば、やれないことはない。一社ごとに、カメラマン、ＣＧ、音響、芸能事務所、一つの広告にはいくつもの会社が携わっている。それらを下請けの制作事務所にまとめさせればーー」

美咲がいるのに、今日は隠そうともしない。

（なんなの……？）

聞いている美咲は不安を覚えた。

凱斗たちが何を話しているのか、うすうす気づいてはいる。

「……」

しかし、凱斗から説明があるまでは訊《き》かないほうがいいような気がして素知らぬふりをしていた。

「問題はどうやってその証拠を掴むかですね」

「それについては――」

凱斗が振り返った。

やりかけだった伝票の整理を続けているふりをして聞き耳をたてていた美咲は、慌ててデスクに視線を落とした。

（証拠……？）

冗談ではなく、刑事ドラマや探偵みたいだ。

「おい」

「――!?」

突然声をかけられ、美咲はびくりと身体を震わせた。

「何驚いているんだ」

やってきた凱斗のほうも、美咲の反応の大きさに驚いているようだ。

「い、いえ」

美咲は平静を装い答えた。凱斗は、美咲より早く平常心に戻っている。

「今夜、予定あるか?」

「え……」

思いがけない言葉に、別の意味で心臓がはねた。

(デート……?)

薄く肌を染める美咲に、凱斗は呆れたような眼差しを向ける。

「そういう意味じゃない」

「……ぁ……」

美咲は真っ赤になってうつむいた。

(そうよね……)

期待したようなそぶりを見せた自分が恥ずかしい。

「で、どっちだ?」

居丈高《いたけだか》な声が降りてくる。

「……」

美咲は顔を伏せたままおずおずと首を横に振った。

「だったらつきあえ」

「建部くん！　鈴木さんはまだ……！」

普段穏やかな物言いの丸毛が珍しく大きな声を出した。

「それにこれ以上、彼女を巻き込むのは……」

メガネの奥の双眸《そうぼう》が心配そうに揺れている。

（なんの話……？）

美咲は不安になった。

おそるおそる凱斗を見あげると、まっすぐ美咲を見つめている。

「どうする？」

（……）

真剣な眼差しに、美咲は唇を引き結んだ。

理性は行くなと告げていた。

彼らがしていることに、関わらないほうがいい気がする。

だが、イヤだと言えなかった。

恐くても、ひどいことをされても、自分のことをどう思っているのかわからなくても、目の前の彼は魅力的で――

「……行きます」

気づくと、美咲はそう答えていた。

＊＊＊

その夜、美咲は凱斗と二人きりでモダンな内装の高級居酒屋店にいた。

店内はオープンキッチンを囲むカウンターに半個室のテーブル席があり、客はアラサーの女性グループやスーツ姿の男性など社会人ばかり。学生のグループは一組もいない。

美咲たちは四人がけのテーブル席に向かい合って座っていた。

テーブルの上には凱斗が注文したいくつかの料理の皿がある。さらに彼の前には白ワイン、美咲の手もとにはオレンジとエディブルフラワーを飾ったジュースのグラス、そして二人の間に火のついたキャンドルが置かれていた。

近くのテーブルからは楽しげな笑い声が聞こえる。

しかし美咲は緊張していた。学生時代に何度か行ったことがあるような居酒屋とは、店の作り、客層、値段、どれをとっても明らかにレベルが違った。しかも、店員からは見えない、通路とは反対側の凱斗の耳にはイヤホンが仕込まれている。

デートを装いながら、しかし二人の間に会話はない。会社を出る際、凱斗から俺が許可するまで何もしゃべるな、と命令されたのだ。

そして会社を出ると、凱斗はタクシーを拾った。少し離れた場所で一人の男が同じように流しのタクシーを拾っている。乗り込んだ凱斗は、運転手にそのタクシーをつけるように依頼した。

二台のタクシーは街灯とビルの灯りに彩《いろど》られた夜の都心を走った。ほどなく前のタクシーが停まり、男はオフィス街のビルの一階にあるこの店に入る。それを確認して凱斗もタクシーを降りた。

美咲の肩を抱いて店へ向かう凱斗は、小さいが光沢のある高級そうな紙袋をさげていた。傍目《はため》には、男が恋人へのプレゼントを持っているように見える。

店に入りテーブルにつくと、凱斗は紙袋からリボンをかけた箱を取り出した。箱のなかに入っていたのはプレゼントではなく受信機だ。凱斗はそれにイヤホンを繋げて、何かを聞いている。

（いったい何をしているの……）

しゃべるなと命じられたので話しかけずにいたが、向かいに座る美咲は不安でいっぱいだった。美しく盛りつけられた料理も美味しいとは感じられない。

そのまま三十分ほど過ぎたころ、凱斗がイヤホンを外してスーツの内ポケットにしまう。そしてスマートフォンを取り出し、どこかへ電話をかけた。

「そっちへ送る」

スマートフォンと受信機をコードで繋ぎ、しばらくスマートフォンの画面を操作したのち、凱斗は二つを紙袋に入れて自分の身体の陰に置いた。

「あ、あの……」

凱斗がイヤホンを外したので、美咲は思い切って声をかけてみた。

ずっと笑みのなかった凱斗の顔に、この夜、初めて薄い笑みが浮かんだ。

「退屈だっただろ。どうして帰らなかった？」

美咲は視線を落とした。

「それは……、しゃべるなと言われたから……」

「俺の言うことならなんでもきくのか？」

「……」

美咲はテーブルに置いた自分の手を見つめ、それから勇気を振り絞って凱斗へ目を向ける。

「何をしているんですか……？」

今夜の行動が庶務課の仕事とは思えない。それにあの言葉――

『ここがただの庶務じゃないって、もう気づいているだろ？』

「知ってしまったら人生を棒に振るかもしれない。知らないままでいたいなら、今後、俺もおまえと関わりを持たない。これまでのことも誰にも言わない。どっちがいい？」

「それって……」

美咲は胸のなかで呟いた。

(何もなかったことにするってこと……？)

美咲との関係も――

「やっぱり遊びだったんですか」

「質問しろとは言ってない」

「……」

「選択肢は二つだ。俺が何をしているのかを、知りたいか、知りたくないか」

美咲は唇を噛《か》んだ。

関わらないほうがいいと思った。凱斗や彦太郎がしていることは、危険な匂いがする。

だが、知りたくないと言えば、凱斗とはこれっきり。それに美咲だって庶務課の一人だ。

自分だけ何も知らされず、荷受けの仕事だけしているのはつらい。

何より凱斗の役に立ちたかった。彼のことを知りたかった。

美咲は唇を引き結ぶ。

「……教えてください」

凱斗がかすかに笑った。

「そんなに俺が好きか？」

「……」

美咲は頬を染めながら首を縦に動かした。

だが、なぜか凱斗は美咲の答えに苦笑をこぼした。

「建部さん……」

美咲は不安になった。

（迷惑なの……？）

やがて凱斗は、何かを決心したようにワインで喉を潤すと、口を開いた。

「あの男が誰かはおまえも知ってるな。制作二部の松永だ」

「はい」

凱斗があの男と言ったのは、前のタクシーに乗りこんだ男。今は店の一番奥のテーブルに座っている。二人の男が一緒だった。どうやらここで待ち合わせをしていたらしい。

美咲にとっては、嫌な思い出の相手だ。

会社では不機嫌な表情で横柄《おうへい》な態度だったのに、今夜の松永は上機嫌だった。会話は聞き取れないが、たびたび笑顔が見えている。

「あいつがＣＭ制作の裏で会社の金、六千万円を横領《おうりょう》している疑惑が浮上した」

美咲は目を見張った。

「横領《おうりょう》……」

「俺たちがやっているのは、その調査と証拠集めだ。うちの庶務課には表向きの仕事と裏の仕事がある。裏では会長の特命を受けて社内の不正、疑惑を探るのが仕事だ。地下のあそこなら人も来ない。会社に不要と思われている社員なら、多少の不可解な行動も許される。他の社員も積極的に関わらない。内務調査にはぴったりだろ」

「では、課長も、彦太郎さんも……」

「ああ。これは課長のお手製」

凱斗は上着のポケットからイヤホンを取り出し、指に挟んで美咲に見せた。

「いつも課長は、機械の部品を机に並べて、何かやっているだろう。精密機器の製作が趣味なんだ。音質はいいが、十メートル以上離れると受信できない」

「それで、あとをつけてここへ？」

「ああ。マイクは昼間、彦太郎が松永の上着に仕込んだ」

「……」

「松永と一緒にいる男は、奴の子飼いの制作会社社長と芸能事務所の経営者だ。水増し請求の実態は、これで押さえた」

そう言うと凱斗は、紙袋のなかをのぞきこんだ。

スマートフォンと丸毛お手製の盗聴器を取り出し、ケーブルを外した。盗聴器は箱に入れて紙袋に戻し、スマートフォンは上着の内ポケットにしまう。何か送っていたようだが、その作業は終わったらしい。

見守っていた美咲は視線を落とした。

「どうした？」

「……」

話しているときの凱斗は、会社の地下にいるときより生き生きとしていた。きっとこれが彼の本当の姿なんだろう。やはり〝できる男〟だった。

（私……）

知りたいと言ったのは自分だが、私にできるだろうか。

自分にはなんのとりえもなくて、容姿も十人並みで――

美咲は唇を噛《か》みしめた。

「どうして私を……」

「ん？」

「私を連れてきたのは、女連れだったら、こういうお店に入っても怪《あや》しまれないからですか？」

「それもあるな。課長や彦太郎と二人でメシ食うのなんて、ごめんだ」

「……」

やはり自分は利用されていただけなのか？

心が痛い。

「けど本当の理由は別にある」

「え……？」

「最終テスト」

「テスト？」

「ああ」

答えた凱斗はまっすぐに美咲を見つめる。

「この先、特命のことを秘密にしていたら、たくさんの嘘をおまえにつかなければならなくなる。それは面倒だし、何よりそのたびにおまえを悲しませる。だから連れてきた。俺が何者か、知ってもらうために」

そして一度言葉を切り、彼は言った。

「そばにいてほしい」

美咲は目を見開いた。

「こんなこと言わせるな」

俺様な彼が珍しくも照れて真っ赤になっている。

美咲はほんの少し笑った。

「笑うな」

「だって」

「また泣かすぞ」

宿直室での出来事を思い出し、美咲は頬を染めた。けれどすぐに視線を落とす。

「どうした?」

「どうして私を……?　私、これといった特技も、とりえもないし、容姿だって十人並みだし」

凱斗が長いため息をついた。

「おまえ、もう少し図太くなれ。あまりに卑屈《ひくつ》なのは、逆にうっとうしいだけだ」

「そんなっ、無理ですっ」

凱斗のような魅力的な男を前に。

どうしたって自分とはつりあわない——うなだれる美咲を前に、凱斗は呆れたように言った。

「ああ、そうだな。同期にイモ子なんて呼ばれてるだけあって、胸はないし、行動はどん臭いし」

「ひどいっ」

「けど、その凡庸《ぼんよう》さが可愛いんだろうが」

「え……？」

凱斗はワイングラスを取り上げ、一口飲んだ。

「ま、最初は、目立たなそうだったから、おまえを入れたんだけどな」

「……」

「けど、予想外にそのどん臭い女はがんばってくれちゃって。まわりの男どもは、よく気がつくとか、可愛いとか言って、目の色変えやがるし。地味な花でも、横取りされるとなると癪《しゃく》にさわるからな」

美咲は目を見張った。

「ったく、最初に見つけたのは俺だっていうのに」

「建部さん……」

凱斗はあさっての方向を向いている。その顔は、まだ少し赤い。

美咲は口もとをゆるめた。

静かな歓喜が胸の奥からじわじわと湧きあがる。嬉しかった。けれど、同時に――

美咲は視線を落とした。

「……だったらあの人は？」

「あの人？」

「……先日来た綺麗な女の人」

凱斗と親密な雰囲気だった。

「香織？」

「……」

「嫉妬か？」

美咲は肌を染めた。

「違いますっ。ただ……」

凱斗は薄く笑った。

「安心しろ。あいつはただの同僚」

「でも、あの人も庶務課の正体を知っているんでしょう？」

「ああ。あいつは財務でいろいろさぐっている」

（……だったら）

二人の仲は、ただの同僚には見えなかった。何より美男美女で自分よりずっとお似合いだ。

美咲はスカートを握りしめる。

「私、なんて……」

凱斗の口からまた長いため息が吐き出された。

「言うだろ。美しい花には刺《とげ》があるって」

（刺？）

そんなふうな女性には見えない。知的な雰囲気で、スタイルもよくて――

「でも、男の人だったら絶対、美人のほうが。そりゃ、あれだけステキな人、高嶺《たかね》の花だろうけど、建部さんなら……」

「バカか」

「は？」

「百花繚乱《ひゃっかりょうらん》の花園に咲き競う大輪の花より、荒地に咲いた一輪の可憐《かれん》な花に心惹かれるのは当然だろ」

「でもっ……」

「わかった」

凱斗は面倒くさそうに答えた。

「出るぞ」

紙袋を持ってさっさと立ちあがる。

「あ、あのっ」

怒らせてしまったのかと美咲は焦った。

だが、振り返った凱斗は、含みがありそうな微笑を浮かべていた。

「教えてやるよ。おまえの魅力」

＊　＊　＊

店を出た凱斗は再びタクシーを拾った。向かったのは、都心の緑豊かな高台に位置する高級ホテル。

五分ほどで目的の場所に着いた。

車寄せでタクシーを降り、ロビーに足を踏み入れると、東洋文化の伝統と西洋文化のモダンを融合させた驚くほど広い空間が美咲を迎え入れた。ゲストは欧米系の外国人が多い。

圧倒される美咲を残し、凱斗は慣れた足取りでフロントへチェックインをしに行く。予約は店を出た直後にスマートフォンで済ませてあったらしい。

入った客室も広々としていて、窓際の隅にはL字型のどっしりしたソファと一人掛けのソファを配した豪華な応接セットが置かれている。反対側にはクイーンサイズのベッドがあった。

「あ、あの……」

誘われるままについてきたものの、いかにもな状況に、美咲は緊張と戸惑いを隠せなかった。

「不安？　それとも俺とじゃいやなのか？」

「……」

うつむく美咲へ凱斗は手を差し出す。

「来いよ」

彼は上着を脱ぐと、ベッドではなく、ドレッサーの前に美咲を連れて行った。鏡に向かって美咲を立たせ、自分はその後ろに立つ。

「見てろよ」

鏡に映った美咲に向かって言うと、凱斗は後ろから美咲の服のボタンを一つずつ外していった。

ジャケット。スカート。ブラウス。

暗めのオレンジ色のルームライトのなか、一枚ずつ、服を脱がされていく。

「いや……」

羞恥《しゅうち》に美咲は顔をそむけた。

「目を閉じるな。ちゃんと見ていろ」

美咲は鬱々《うつうつ》とまた鏡に視線を向ける。

ストッキング。

そしてキャミソールまで脱がされ、とうとう下着姿にされた。

オレンジ色の照明のなか、アイボリーホワイトの地にピンクの花が刺繍《ししゅう》されたブラジャーとショーツを身につけた自分が鏡に映っている。

「どうだ？」

鏡のなかの凱斗が問いかけてくる。

「……」

美咲は視線を落とした。

両親が美しく咲くと名づけてくれたのに、そうはなれなかった。

映っているのは、不安そうな表情をしている、どこにでもいそうな容姿の女。ため息が出るほど美人な香織という女性には、顔も、スタイルも、とうていかなわない。

美咲の反応をどうとらえたのか、背後の凱斗が苦笑まじりの息を吐いた。

「見てろって言っただろ」

「……」

再度の言葉に、美咲はおずおずと顔を戻した。

「そう」

「あ……」

下着だけの身体の上を凱斗の手が這《は》う。

「……い……や……」

「ダメだ」

か細い美咲の呟きを却下し、凱斗は手を動かす。

「おまえの魅力を教えてやるって言っただろ?」

「……」

「今、おまえを愛しているのは俺だ。おまえは俺とセックスしてるんだ」

露骨《ろこつ》な表現に美咲は肌を染めた。

「あっ……!」

ブラジャーのホックが外された。

「ふうん、Bの70」

美咲は真っ赤になった。

「どうせ貧弱な胸です」

拗《す》ねる美咲に凱斗は静かに笑うと、脇の下から両手を前に出してきた。

「大きくしてやるよ」

「あっ!」

ホックが外れたブラジャーの上から二つのふくらみをもむ。

「毎日もんでやろうか」

「ゃっ……」

見た目はハンサムでエリートビジネスマン然としているのに、凱斗は信じられないくらい恥ずかしい言葉をさらりと口にする。

「た、建部さんって……」

「ん？」

「変態」

「ふうん？」

「いやぁっ……」

ブラジャーを上にずらされた。両方の乳房があらわになる。

そして両方の胸の頂《いただき》を、彼は親指と人差し指で下からつまむ。

「ほら、勃《た》ってきた」

「あ、あ、あ……」

正視できないほど恥ずかしいことをされている。それなのに美咲は感じていた。

二本の指でつままれ、こすられている乳首がジンジンとする。

「ぁあっ……、ン、んっ……ぁ、あ……」

「気持ちイイか？」

おまけにその恥ずかしい姿を凱斗に見られている。

「ゃあっ……、ア、あんっ……」

けれど濡《ぬ》れた声がもれてしまう。

「可愛いな」

凱斗は微笑《わら》っている。そして、鏡に向かい合わせていた美咲の身体を反転させ、その胸に顔を埋めた。

「はアあんっ……」

敏感になっていた乳首の片方に、これまでと違う刺激があった。凱斗が乳首を吸っている。下からすくいあげるように乳房を掴み、ピンと勃《た》った乳首に吸いつき、濡《ぬ》れた舌先で転がす。

もう一方のほうは、これまでのように指でこねくりまわす。

「あぁぁ、ぁあ、あんっ……」

美咲は背をのけぞらした。

痛いような、疼《うず》くような、熱く淫《みだ》らな感覚。

「ぁあっ、あ、あっ……」

淫《みだ》らな声が止まらない。

右、左、と凱斗は交互に吸っていく。ときおりくちゅくちゅと濡《ぬ》れた音が聞こえた。わざと音をたてているのだ。

「んーっ、ン、ンっ……」

美咲は息をつまらせた。

刺激されているのは乳首なのに、両足の間が疼《うず》く。

「ぁあっ、ぁ……」

思わず腰を揺らしてしまった。そんな自分に気づいて焦る。

(ダメえっ……)

だが、こらえきれなかった。

「……ぁ、ぁんっ……、ン、ンっ……」

美咲の様子に気づいた凱斗が笑った。

「下、触ってほしくなった？」

「ちがっ……」

美咲は首を横に振った。

「ふうん？」

凱斗は気のない声をあげると、膝《ひざ》をついて腰を落とした。

「やっ……！」

ショーツの正面に彼の顔がある。凱斗は、上目遣いにちらっと美咲の顔を見あげると、ショーツの穿《は》き口に指を一本入れ、できた空間からなかをのぞきこんだ。

「いやあっ」

美咲は悲鳴をあげた。

「この前だって、見られてるだろ？」

「……っ、……っ、……っ……！」

その通りだが、美咲は凱斗の肩を叩いた。恥ずかしくて、そうせずにはいられない。

「変態っ」

「いいのか、そんなこと言って」

ショーツをもとの位置に戻すと、凱斗は指を抜き、立ちあがった。

「……っ……」

美咲は思わずたじろぐ。

凱斗は笑っている。何か思惑を秘めた笑みだ。そして彼は美咲をまた鏡のほうへ向けると、後ろから抱きしめ、下腹部に手をあてた。

「いやっ」

今度は指一本だけではなく手全体がショーツのなかに入ってくる。

「……ぁっ……」

鏡のなかの美咲に見せつけるように、手がゆっくりと下生えをおりていく。

やがて指先が秘所に達した。さらに奥へ——草むらをかきわけ、指が谷間に挿《はい》ってくる。

「ふうん。直接触らないと濡《ぬ》れないのか？」

美咲は真っ赤になった。そんな質問をされてもわからないし、答えられない。

いったん谷間の外へ退《ひ》いた指が、ぷっくりと盛りあがった両側の丘を撫でる。

「まだここ、痛いか？」

「……」

美咲は首を横に動かした。

「じゃあ」

「ぁあっ……！」

柔らかい丘がぐいっと両側に広げられた。

再び挿《はい》ってきた指が、花筒への入口の周囲をこする。

「いやあっ」

「一気に落ちてきた」

「っ……！」

自分でも、花筒のなかに溜まっていた蜜が漏れ出していくのがわかる。

周囲を撫でている凱斗の指の滑りが格段によくなった。

「あぁぁっ……」

たまらなく恥ずかしい。

「こっちのほうは？」

両足の間まで差し込まれていた手が少し戻った。その手で今度は秘芽を護《まも》る肉を広げる。

「あぁっ……」

美咲は細い声をあげてのけぞった。

無防備にさらけ出された秘芽は、蜜にまみれた指に転がされる。

「ぁんっ、ゃ、あっ、ァ……」

「勃《た》ってきた」

「やっ……」

「いや？」

「あっ！」

刺激が消えた。同時に手がまた奥へ挿《はい》ってくる。

「ハ、ああっ……」

弄《いじ》られている花筒がひくつくと、凱斗が笑った。

「すっかりその気だな」

「ちがっ」

「ふうん？」

「ぁああっ」

「また溢《あふ》れてきた」

「……」

美咲は唇を噛《か》みしめた。凱斗は美咲が知られたくないことをどんどん暴いていく。

「汚したくないだろ？」

そう言って、ショーツを脱がす。中途半端に胸の上にのっていたブラジャーも外された。

初めて彼の前で全裸になった。

鏡に映っている白い裸体。

オレンジ色の光のなか、すべてが凱斗の目にさらされる。

恥ずかしくて、心臓が壊れそうなくらいの速さで脈を打つ。

それなのに、凱斗のほうはまだ上着しか脱いでいない。シャツもズボンも、ネクタイまできちんと身につけたままだ。

「……」

胸と局部を手で隠し、美咲は涙のにじむ目で彼を恨《うら》めしくにらんだ。

「何？」

「私だけ……」

無慈悲な男は笑っている。

「それはおまえが何もしてくれないから」

「え？」

「こういうときはお互いに脱がせ合うものだろ」

「そ、そんなことっ……!?」

美咲は戸惑った。

「できないよな」

一方の凱斗は、最初からわかっているという口ぶり。そして自分でネクタイをほどき、シャツのボタンを外していく。

現れた上半身に美咲は目を見張った。

均整《きんせい》のとれた見事な身体だ。肩幅が広く、上腕と胸には適度に筋肉がついている。対照的に腰は引き締まっていて、腹筋が割れている。

「なんだ？」

「……え、あ……」

「気に入った？」

「……」

見惚れていた自分が恥ずかしくて、美咲は視線をそらす。

凱斗は笑いながらベルトにも手をかけた。

美咲はますます顔をそらした。上半身は見たが、さすがに下までは見られない。

所在なく立ちつくしていると、ソファへ向かっていくつかの布が放り出される音がした。ベルトのバックルらしき硬いものが、何かにあたって金属音を立てる。

床を映した視界のなかに、彼の素足が入ってきた。

腕を掴まれる。

「あっ……」

「もう一度だ」

戸惑う美咲を凱斗はもう一度鏡の前へ立たせた。

「い……や……」

羞恥《しゅうち》に美咲は首を横に振った。

「裸はおまえだけじゃないだろ」

そう言う凱斗は美咲の後ろにいるので、大部分が美咲の陰に隠れている。

「だって……」

「わかった。じゃ、これならいいだろ？」

脇の下から伸びてきた凱斗の手が、美咲の胸と局部を隠した。

「……」

一瞬安堵したものの——

「こうして弄《いじ》られるの、好きだよな？」

凱斗が秘芽に指をあてて、小刻みに振動させる。

「はあああっ……」

美咲はのけぞった。

「気持ちいいか？」

「……っ……」

美咲は素直に頷《うなず》いた。

小さな突起なのに、軽く動かされるだけで、信じられないほど強い感覚を生む。まるで電流が流れるみたいに熱い疼《うず》きが走る。

泉から再び熱い愛液が溢《あふ》れてくるのを感じた。

「ぁああっ、は、ぁアア……ん……」

美咲は腰を震わせる。

「乳首も、また勃《た》ってきた」

「んーっ……」

片方の胸の先端に電流が走った。

凱斗は白く滑《なめ》らかな丘の頂上にピンと突き出したピンク色の突起を、指で転がす。

「アアっ、ァアっ、あっ、あ……、ァああんっ……」

腰を中心にざわざわと疼《うず》きはじめ、それは全身へ広がっていく。

淫《みだ》らな疼《うず》きに美咲は悶《もだ》えた。

身体が熱くて、膝《ひざ》に力が入らない。花筒がひくつく。

「ぁアアんっ……、は、ンっ……あァっ、あァっ」

背後の逞《たくま》しい身体にもたれて、美咲は局部を前へ突き出すかっこうになった。

「やらしいな」

耳もとで凱斗が熱く囁《ささや》く。

そして、下半身の柔らかな丘をぐいっと左右に広げた。

「ぁぁぁぁっ……！」

彼はむき出しになった秘芽をさらに激しく転がす。

「イャアアアっ……！」

身体の中心に熱い電流が何回も走った。

美咲は息をつめた。

(――!!)

次の瞬間、意識がスパークする。

「……っ……」

膝《ひざ》の力が抜けた。

「おっと」

崩れ落ちる身体を凱斗が抱きとめる。

彼の腕に身体を預け、美咲は激しく喘《あえ》いだ。

「そんなによかった？」

「……」

凱斗は微笑《わら》っているが、恥ずかしくて、答えることも顔を向けることもできない。

凱斗はふっと笑うと、息が落ちついた美咲を反転させ、自分の肩に両腕を回させて唇を合わせた。

(建部さん……)

汗の浮いた美咲の身体を抱きしめ、凱斗は何度も唇を吸う。

美咲を包む腕と胸は、美咲同様に熱い。

美咲はおずおずと彼に抱きついた。

答える代わりに、凱斗が舌を差しこんでくる。

歯列を越えて挿《はい》ってきた舌が、美咲のそれを絡め取る。

(建部さん……)

濃厚なキスに翻弄《ほんろう》されながら、美咲は腹部に違和感を覚えた。

下腹に凱斗の性器があたっていた。それは美咲の腹部を突き刺すほどに硬く張りつめている。

意識した途端、イッたばかりなのに、花筒が疼《うず》いた。

「……」

美咲は唇を離し、広い胸に両手をあててそっと凱斗を押し戻した。

「なんだ?」

まだ吐息が肌にかかる距離で、凱斗が戸惑った眼差しを向けてくる。

「……」

美咲は躊躇《ためら》ったが、二人の間におずおずと手を伸ばし、それに触れた。

羞恥《しゅうち》で顔は見られなかったが、凱斗から驚いたような反応が返ってきた。大胆な行動をとった自分がますます恥ずかしい。だが、美咲は勇気を振り絞って、それの周囲に指を回した。

生まれて初めて触った男性器は、鋼《はがね》のように硬くて熱かった。そして掴むと、独立した生き物のようにビクンと動く。

「……」

羞恥《しゅうち》と緊張感、そして未知のものに接する恐怖で胸が苦しい。それでも——

(私で感じてくれているの……?)

手のひらから伝わってくる彼の欲望と逞《たくま》しさ。

喜びと感動を感じていると、凱斗が軽く笑った。

「握っているだけか?」

「……」

答えられない。

でも、挿《い》れて欲しいと思った。その大きさを改めて知り、こんなものが挿《はい》るのかと怖かったが、一つになりたい。

だが、さすがにそれを口にするのは、今の美咲にはハードルが高すぎた。

「……」

「俺も限界だ」

肌を朱に染めて視線を落とす美咲の気持ちをくみ取ったのか、凱斗はいきなり膝《ひざ》の下に手を入れて美咲を抱きあげた。

「……!?」

お姫様抱っこなどされたのは初めてで、美咲は目を丸くする。

口もとをゆるめて微笑を返す凱斗は美咲を軽々と抱きあげている。

壊れ物を扱うようにそっと、ベッドへおろされた。

そのまま凱斗が覆《おお》いかぶさってくる。

「建部さん」

「黙ってろ」

唇が重なる。

凱斗はすぐに舌を挿《い》れてきた。口腔に深く侵入し、戸惑う美咲の舌を絡め取る。

「んっ……」

むさぼるような激しいキスに美咲は喘《あえ》いだ。

キスだけではない。凱斗は少し身体をずらすと、美咲の上半身との間にできた空間に手を入れて乳房をまさぐる。

「んんっ……！」

思わず、美咲は凱斗の手に触れた。

だが、凱斗は退《ひ》かない。そうっと美咲の手をどけると、なだめるように唇にキスをする。

美咲は彼の手の感触から逃れるために声をあげようとしたが、彼の唇にふさがれていて、呻《うめ》き声しかこぼせない。

「んーっ、んーっ……」

美咲はだだをこねるように首を横に振った。

ようやく凱斗も顔を離した。

「痛かったか？」

「……ううん、でも……」

美咲は控えめに答える。口ごもったのは恥ずかしかったのと、太ももに凱斗の昂《たかぶ》りを感じていたからだった。

それは彼が美咲の胸を触っている間、何度もビクンビクンと動いた。先端からは何か冷たい液体がにじみ出ていて、美咲の肌を濡《ぬ》らす。男性も濡《ぬ》れるのだということを、美咲はこのとき初めて知った。

凱斗が自分に興奮していることが嬉しくて胸が熱くなる。

「美咲？」

彼の声に、美咲は目を見張った。

「……」

「もしかして、いやだったか？」

涙の浮かんだ美咲の目を見て、凱斗は眉根を寄せる。美咲は静かに首を横に振った。

初めて下の名前で呼ばれたことが嬉しくて――

美咲は、彼のシャープな頬にそっと手をあてた。

「美咲、って呼んでくれて嬉しい」

すると、凱斗の口もとに微笑が浮かんだ。

美咲の胸を覆《おお》っていた凱斗の手が下半身へ移動する。

「……あっ……」

美咲は目を閉じた。

谷間に指が挿《はい》ってくる。

そうされるのはもう何回目だろう。恥ずかしいが、なじんだ感覚。

期待に身体が震える。凱斗は裏切らなかった。

「んーっ……」

さんざん弄《いじ》られて、もう痺《しび》れたようにジンジンとしている秘芽がまた刺激される。

「ハァ……ぁンッ……」

新たな蜜が花筒から溢《あふ》れ出ていく。

指はそのなかにも無遠慮に挿《はい》ってきた。しとどに濡《ぬ》れた谷間をかきまわし、花筒の入口にある繊細な花びらをなぞる。

「ぁああっ……」

くすぐるような指の動きに、背中が浮いた。

「建部さんっ、……建部さんっ……」

美咲は両腕を伸ばし凱斗の首筋にすがりついた。

(きてっ、きてっ)

だが——わかっているはずなのに、凱斗はいつまでもそこを弄《いじ》っている。

「イヤぁっ……、あ、ぁ、アっ、アっ……」

たまらずに美咲は腰を浮かせてしまった。

「くそっ」

耳もとで低い、吐き捨てるような声がするのと同時に、凱斗が飛び起きた。

手早くコンドームをつけると、美咲の両足を乱暴に抱える。

「……っ……!?」

大きく開かれた両足の間に、凱斗が腰を進めてくる。

「建部さんっ……」

初めて美咲は、男性の屹立《きつりつ》したものを目にした。それはほかの部位の肌より赤黒く、腹につくほどにそそり勃《た》っている。圧倒的な存在感に美咲は目眩《めまい》を覚えた。

「っ……!」

ぐっと花びらが押される。

「ぁあっ……」

自分が望んだのに、美咲の身体は反射的に上へ逃げようとした。凱斗はそれを許さず、体重をかけてくる。

「んーっ……!」

すさまじい体積が体内に突入してきた。

「……ぁぁぁっ……!」

「きついな……」

凱斗が苦しげに呟く。

美咲は声も出なかった。

凱斗はすぐに腰を動かす。息が荒い。

「ア、ああっ……！」

美咲は悲鳴をあげた。

「い、いやっ……」

凱斗は美咲の目じりににじんだ涙を唇でぬぐう。

「大丈夫か？」

凱斗の目には熱がこもり、美咲を気遣ってはくれるものの、腰の動きは激しさを増す。

首を横に振る美咲の頬を撫で、凱斗は言った。

「力、抜けるか？」

美咲は両腕を伸ばして凱斗の首筋にすがりつく。

（建部さんっ、建部さんっ）

美咲が上体を持ちあげたことで、下腹部に力が入り、体内の凱斗を締めつけた。

（いや、すごいっ……）

体内のものがさらに大きくなる。

美咲の脳裏に先ほどちらっと見た赤黒いモノが浮かんだ。

（あ、あれが今、ここに……）

意識した途端、花筒がぎゅっと締まった。

「アんっ……」

「ハァッ……」

甘い声をあげる美咲の耳もとで凱斗が熱い息をつく。

「食いちぎられそうだ」

体内の凱斗がビクンビクンと動く。

「ア、アアっ……」

美咲は腰を震わせた。

花筒の奥のほうに妖《あや》しい感覚が湧き起こってきた。

「……ぁ、ア、ァ……」

「よくなってきたか？」

「んんっ……」

凱斗に抱きついたまま美咲は小刻みに首を縦に振る。

「俺もだ」

かすれた声でそう言うと、凱斗は律動を再開した。

「ンンッ……」

マグマのように熱くて、岩のように硬くなった肉棒が花筒のなかを行き来する。

「アアッ……！」

美咲は悲鳴をあげた。

凱斗は美咲の足を抱え、花筒の媚肉をえぐるように腰を突き動かす。

「アアんっ……ゃっ、ア、ハァんっ……」

焦《こが》れるような妖《あや》しい感覚が強くなってきた。

「いゃあっ……、ア、ぅンンッ……」

腰が勝手にヒクンヒクンと収縮し、なかの凱斗を締めつけた。

「ゃああっ……」

「まだイクなよっ」

そう命令して、凱斗はいっそう強く腰を打ちつけてくる。

「あああっ……！」

汗の浮いた首筋を抱きしめ、美咲はのけぞった。

花筒が激しくかき乱される。

気づくと美咲は足を高くあげ、自分から腰を振っていた。

「あっ、あっ、ぁ……建部……さ……んっ……！」

「もう少しだっ」

甲高《かんだか》い悲鳴のなかに、凱斗の荒い息遣いがまじる。

ピッチがさらにあがった。ベッドがギシギシと音をたてている。

「アっ……、くるっ、くるうっ……！」

のけぞって美咲は悶《もだ》えた。

「アアアっ……！」

「イクぞっ」

激しく腰を突き動かしながら、凱斗が熱く囁《ささや》く。

凱斗がズンッとひときわ深く突き入れた瞬間、閉じた瞼《まぶた》の裏に極彩色《ごくさいしき》の光がスパークした。

第六章

「えーっ⁉」

翌日。事務所に彦太郎の絶叫が響き渡った。

「美咲ちゃんに言ったんですかぁっ⁉」

「美咲がいなきゃ店で悪目立ちしたからな」

凱斗はクールに答える。聞いた彦太郎がぼそりと呟いた。

「さりげなく下の名前呼び捨て」

「何か言ったか、彦太郎」

「いいえっ、何も言っておりませんっ！」

彦太郎は指先をこめかみにあて、直立不動の姿勢をとる。

二人の会話を聞いていた美咲は、思わず真っ赤になった。

そのとき、内線の呼び出し音が鳴った。

「あ――」

「はい、庶務課！」

美咲が出ようとしたが、反射神経の差で彦太郎のほうが早かった。

「あ——建部さん、香織さんから」

保留ボタンを押し、彦太郎は凱斗に向かって言う。

凱斗が自分のデスクの電話をとった。

「……ああ。……ああ、わかった」

受話器を戻し、凱斗は立ちあがる。

「彦太郎、一緒に来い」

「うぃっーす」

二人は事務所を出て行った。

残った美咲は不安感を覚えつつ、二人を見送った。また何か、美咲の知らない仕事があるのだろうか。

美咲はため息をつきながら、途中だった荷物の伝票整理を再開した。

ため息の理由は、ふがいない自分への失望に加えて——

学生時代、運動部に所属した経験は一度もなく、普段、スポーツもやらないせいか、ひと晩寝たのに、両足のつけ根が痛かった。明らかに日ごろの運動不足と昨夜の激しいセックスの余波である。

再びため息をつくと、目の前に温かいお茶の入ったマグカップが差し出された。

「お疲れのようですね」

「あっ、課長っ……いえっ、その」

頬が染まる。そして、そんな自分に慌てた。

(課長は私と建部さんの間に何があったか知らないんだしっ)

赤くなったり青くなったり忙しい美咲を、丸毛は複雑な眼差しで見下ろしている。

「彦太郎くんの言葉じゃないですけど、建部くんも罪なことを。こんないいお嬢さんを巻き込むなんて」

「そんな、いいお嬢さんだなんて……」

受け取ったマグカップを握りしめ、美咲は答える。

「いえいえ。しっかりしたご家庭で大切に育てられたお嬢さんだとわかります。まったく上も何を考えているんでしょうねえ。たしかに女性がほしいと要望していたのは我々ですが」

美咲は視線を落とした。

「あの、庶務課は不要な社員の捨て場にされているんですよね……」

思わず美咲はそう呟いてしまった。

「鈴木さん」

「……」

「それは違いますよ」

静かだがきっぱりとした口調で丸毛は否定した。丸毛の言葉に、美咲は顔をあげる。

丸毛は穏やかな眼差しで美咲を見ていた。

「そういうことが行われてきたのは事実です。ただ、あなたは違います」

「ですが」

丸毛は首を横に振る。

「あなたが不要な人間のはずありません」

「私、みなさんのように特技もとりえもなくて」

「いえいえ」

否定する口もとに微笑が浮かんだ。

「包み隠さず話してしまいますとね、鈴木さんが言うような人が来る場合、人事から連絡があるのです。それにそういう人はたいてい問題を起こしていますからね。社内でうわさにもなっています。でもあなたは、会長より直々に適任者がいたからと言われて配属されたんです。あなたはちゃんと選ばれた人材ですよ」

美咲は目を見開いた。

「課長……」

だが、その丸毛は前より深いため息をついた。

「だから憂《うれ》いているのです。まったくこんな素直なお嬢さんに庶務課の仕事をさせるなんて……。建部くんも上も何を考えているのやら」

見えない。

「課長……」

そう言う丸毛も地味な人物で、人柄はいたって穏やか。とても他人の悪事を探っているようには見えない。

人は見かけによらないという言葉を美咲は実感した。

「どうしました？」

「あ、いえっ。建部さんは、私が目立たなそうだったから入れたって」

「建部くんがそんなことを？」

意外そうな表情をする丸毛に美咲は首を縦に振った。

「それから、あの、地味な花でもほかの男に横取りされると思うと癪《しゃく》にさわるって」

「……」

丸毛は今度はぽかんとした表情になった。

（やだっ、今のは言わないほうがよかったかもっ……）

焦る美咲に、丸毛はふっと口もとをゆるめた。

「なるほど建部くんが」

「……」

美咲は真っ赤になった。丸毛がふふっと微笑《わら》っている。

「たしかに彼の気持ちはわからないでもないですけどね。何しろここまでもったのは、鈴木さん、あなたが初めてですから」

「え？」

「何人かいたんですよ。上が用意してくれた人材が。女性がいたほうが何かと便利ですからね。でも、みんな一週間ともたずに辞めてしまうんです。憧れの広告代理店に入って、職場がこんな地下の穴倉で、仕事は荷受けとなれば、当たり前ですけどね。おまけに、建部くんはまるっきり口をきこうとしませんし」

「建部さんが？」

「そういえば、彼がきちんと会話をしたのはあなたが初めてですねえ」

「え……」

「なるほど、彼はあなたのようなタイプが好みだったんですか」

丸毛は首を何度も縦に振って納得している。

「私がですか……」

「ええ、言ったでしょう。あなたは充分に魅力的ですよ」

「……」

笑顔を向けられ、そこまで面と向かって男性に褒められた経験のない美咲は、羞恥《しゅうち》と困惑でうつむいた。

「でも、つらかったら言ってくださいね。私が上にかけあいます」

「課長……」

部下にまで腰が低くて優しい人だが、本当は芯《しん》の強い人なのかもしれない。

そこに、凱斗が戻ってきた。社名入りの大判封筒を持っている。

颯爽《さっそう》と歩く彼を見て、思わずときめいてしまった。

内務調査なんて自分にできるのか不安だし、恐い。だが、彼がそばにいるのなら――

美咲の視線を感じたのか凱斗が振り返った。

「どうした？」

「い、いえっ」

美咲は頬を染めうつむいた。

「何赤くなっているんだ」

「あ、赤くなんてっ……」

「ま、俺に見惚れるのはわかるけど」

「……」

俺様すぎて、美咲は呆れてしまう。

「なんとか言えよ」

凱斗は苦虫を噛《か》み潰したような渋い表情をしている。

「なんて言えば？」

「熱々《あつあつ》のところを申し訳ありませんが」

丸毛がにこやかな口調で言う。

「課長っ」

美咲は首まで真っ赤になった。

丸毛はにこにこと笑う。

「建部くん、松永部長の件はいかがですか？」

美咲とは対照的に、凱斗は平然として、丸毛の質問に首を横に振った。

「会話は録音できたが、やはり物的証拠もないと。香織が奴の子飼いの制作会社の決算書を調べているが、今のところ不正を証明できるものはないらしい」

「そうですか……」

「だが、一社で百五十万もの裏金を毎月捻出《ねんしゅつ》するのは不可能だ。それに家賃と女名義のクレジットカードは一度も滞納されていない。となると、数社から上納させているはず。受け取りは現金だろうから、いつ、どこから、いくら入ってきたか。その帳簿があればベストなんだが、奴のパソコンには、その手のデータは入っていない。三台とも全部だ」

「厳しいですね……」

丸毛の表情が曇る。

話を聞いていた美咲は、不思議に思った。

「あの、三台とは……？」

「何だ？」

凱斗が美咲のほうを見た。

「松永部長はパソコンを四台お持ちのはずなんです。以前、封筒を届けに行ったとき、見ました。タブレットを二台お持ちだったので、珍しくて見つめてしまったら、書類の下に隠されてしまって」

凱斗と丸毛は顔を見合わせた。

「松永は私物のタブレットを持っているのか」

「問題はその中身をどうやってハッキングするかですね。製造番号もわからないので、実物に触れなければ、探りようがない」

「私がやります！」

美咲は自分でも思いがけないことを口走っていた。

「鈴木さん⁉」

「松永部長が席を外されているときを狙って、荷物を配るふりをすれば――私だったら、毎日あのフロアに出入りしているから、怪《あや》しまれないと思います」

「危険です」

丸毛は厳しい表情で反対した。だが、凱斗はまっすぐ美咲を見つめている。

「やれるか？」

「はい」

美咲は力強く頷《うなず》いた。

＊＊＊

どうして私がやりますなんて言ったのか。

エレベーターを降りながら美咲は後悔した。

受験より、ジェットコースターより、ゾンビ映画より、就職試験の面接より、心臓がドキドキしている。凱斗も彦太郎もそばにいない。美咲は一人きり。

人生最大の緊張と恐怖に倒れそうになりながら、美咲は十八階の制作二部のドアを開けた。

オフィス内を見回す。

時刻は午後二時。この時間は制作二部のコアタイムなのだが、空いているデスクが目立った。これは、チームの一つが他の階の会議室で打ち合わせ中で、松永も出席しているからだろう。彼が席を離れている時間を狙ってやってきたのだ。

松永のデスクに直行したいところだが、怪《あや》しまれないように、まずは持ってきた荷物を宛名の社員へ届ける。

「お荷物です」

「ああ、ありがと」

数人に配りながら、徐々に最奥の松永のデスクへ近づいていく。

コマーシャル制作を手がける制作二部は、書類やらクライアント企業から送られてくる商品やサンプルやらと、社内でも荷物が多い部署の一つだ。美咲もこれまで何度も配達に訪れていたので、封筒や小さな箱を抱えてオフィス内を歩き回っていても、不審がられることも、とがめられることもなかった。

思惑通りパーテーションで囲われた松永の席は無人だった。

配達物を配るふりをして、美咲は机に近づいた。パーテーションは美咲の肩くらいの高さで、上部は半透明だが、松永の席の周りの社員はみな会議で出払っている。

『目的のタブレットは、おそらく松永の私物だ。席を外すときは、机の引き出しか通勤カバンにしまっている可能性が高い』

事前に凱斗に言われた通り、美咲は外から見えないように腰をかがめ、そっと机の引き出しを開けた。

デスクとその横のサイドデスク、合わせて七つの引き出しのうち、開けられるものはすべて引き出したが、どこにもタブレットは入っていなかった。そのうち一つには鍵がかかっている。

「……」

通勤カバンはデスク下の足もとに立てかけてあった。美咲も名前だけは聞いたことがあるメンズ向け高級ブランドの本革バッグだ。

開けると、中にタブレットが入っている。

凱斗の読みがあたっていた。

メーカーや機種は記憶していなかったが、社用で使っているものとは違う。

床に座り込んだまま美咲は、椅子の上にタブレットを置いた。

『おそらくロックされているはずだが、パスワードがわからない。だから――』

美咲は凱斗から渡されたマイクロSDメモリーカードを差し込み、タブレットを起動させた。メモリーカードのなかにはウイルスが仕込んである。感染させ、中のデータを丸ごとコピーする。ただし、すべてをコピーし終えるには時間がかかる。

怪《あや》しまれないように、美咲はいったん松永の席を離れた。

「お荷物です」

再び並んだデスクの間を、荷物を配ってまわる。時間稼ぎのため一人一人に時間をかけた。

そのとき、首からさげていたスマートフォンが、メッセージが届いたことを告げる音を鳴らす。

「――!?」

美咲は心臓が止まるほど驚いた。

スマートフォンは、何かアクシデントが起きた場合の連絡のために持ってきたものだ。

「……」

周囲の目を気にしつつ恐る恐る画面を見ると、会議室を見張っている彦太郎からだった。

『ヤバイ！』

『松永が出てきた！』

『そっち行くかも』

『時間稼ぐ！』

「――!?」

美咲は凍りついた。

(どうしようっ……!?)

凱斗はデータをコピーするには十分ぐらいかかると言っていた。まだ五分ほどしかたっていない。

(パ、パニクっちゃダメ)

心臓をわしづかみにされたような恐怖を味わいながらも美咲は自分に言い聞かせた。

(十四階の会議室からエレベーターであがってくるまで少し時間があるわ。落ちついてカードを回収するのよ)

冷や汗が一気に噴き出し、膝《ひざ》ががくがく震えている。

(大丈夫。大丈夫よ。彦太郎さんがうまくやってくれる)

彼を信じ、美咲は松永の席へ向かった。

机の陰に身をひそめ、椅子の上に置いたタブレットを見ると、コピーは終わっていなかった。それでも進捗状況は八十七パーセントまで進んでいる。

(早くっ、早くっ)

美咲は祈った。

一パーセントが、ひどく長い。

(お願い、急いでっ)
九十七、九十八、九十九――
数字が百になった。

美咲は急いでメモリーカードを引き抜く。

そこに松永が戻ってきた。

「何をしている？」

デスクのそばで床に膝《ひざ》をついて座り込んでいる美咲を見て、松永は不審そうに眉間に縦皺《たてじわ》をきざんだ。

「あ、あのっ……」

美咲はちらっと視線をめぐらせる。カバンのフラップが開いていて、タブレットが椅子の上に置きっぱなしだ。

「すみません、なんでもありません」

美咲は急いで立ち上がった。

「失礼しました」

足早に松永の前を通り抜ける。

「――おまえっ」

背後で怒声があがった。松永がタブレットに気づいたらしい。

ドアに向かって美咲は小走りになった。

「そいつを捕まえろっ！」

松永が叫ぶ。

「っ――」

美咲は駆け出した。

騒ぎを聞いて室内にいる社員たちがざわめいた。

「産業スパイだ！　捕まえろっ！」

松永の声が飛ぶ。

一人の若い男性社員が立ちあがって大きく両手を広げ、美咲の進路をふさいだ。オフィス内は向かい合わせに並んだデスクが複数の島を作っていて、島と島との間には背の低い書類棚が並び、通路の幅は一人が通れるほどしかない。

複数の男性社員が席から駆け寄って同じように通路の入口と出口をふさぐ。逃げ道がない。美咲は閉じ込められた。

「おまえっ」

松永がやってきた。鬼のような形相で美咲に迫ってくる。

美咲はとっさにブラウスの胸もとにメモリーカードを差し込んだ。

「何を隠した⁉」

松永が腕を掴んだ。

「な、何も隠してませんっ」

「今、服のなかに何か入れただろうっ！」

室内がざわめく。フロアじゅうの社員が総立ちになっている。

「来いっ！」

松永に二の腕を掴まれ、美咲は彼のデスクのほうへと引っ張られた。

「離してくださいっ。何もしていませんっ！」

美咲は恐怖でパニックになり、もがく。

だが、松永の指の力は強く、拘束を振りほどけない。

「離してっ……」

美咲は目の前が真っ暗になった。

そのとき――

「鈴木」

「――!?」

美咲は目を見開いた。

大勢の社員のなかに、ここにはいるはずのない人がいる。

どうして、と思う前に美咲はその名を叫んでいた。

「建部さん！」

居並ぶ社員たちの後ろから、凱斗が大判の茶色い封筒を顔の横にかかげて進み出てきた。

「一通忘れてるぞ。俺に手間かけさせるな」

この場の空気を無視したのんきな声でそう言いながら封筒を差し出すと、松永に腕を掴まれた美咲を見る。

「どうした？」

「あ、あのっ……」

「なんだ、おまえはっ」

松永は凱斗にも声を荒らげる。対する凱斗は至極平静に答えた。

「何って庶務課ですが。お届けものです、松永部長」

封筒を松永の顔の前にかざす。

「あとにしろっ」

松永が封筒を打ち払った。

「あーあ」

凱斗はのんびりとした声を発しながら、床に落ちたそれを拾った。

その間に美咲は松永に引っ張られる。

「来い！」

「建部さんっ！」

美咲は助けを求めて無我夢中で手を伸ばした。凱斗がその手首を握る。

「――！」

衝撃がきた。左右から引っ張られ、美咲の身体が大きくかしぐ。

松永の足も止まった。

「きさまっ……」

「いいのか？」

振り返った松永に向かって、凱斗が低く囁《ささや》いた。

「あんたが会社のカネ六千万を横領《おうりょう》した証拠だぜ」

「――」

美咲の二の腕を掴んでいる松永の指に、瞬間、力がこもった。

松永が凱斗の目を見た。凱斗も見返す。

二人の視線が絡み合った。

おそらく遠巻きにしてる社員たちは誰も気づかなかっただろう。だが、二人に挟まれた美咲は見た。

松永の目の奥にすさまじい憤怒《ふんぬ》の炎が浮かんだ。ひたと凱斗を見据えた眼差しは、かなりの威圧感があった。

対する凱斗は動じないばかりか薄く笑い、松永の前に再び封筒を差し出す。

「うちの新人、返してもらいましょうか」

「……」

松永がひったくるように封筒を奪い取った。

美咲の二の腕を掴んでいた指が緩む。

「建部さん！」

美咲は急いで凱斗のもとへ駆け寄った。

突然、凱斗がオフィスじゅうに響きわたる頓狂《とんきょう》な大声をあげた。

「コンタクトを落としたぁっ!?　ったく、おまえはっ。それで他人の席探しまくってたら泥棒に見えるのは当然だろっ。ほら。行くぞ。お騒がせしました」

凱斗は美咲の腕を掴んで出入口のドアへと向かって歩き出した。

大勢の社員が不審そうな表情で二人を見つめている。美咲はうつむいた。凱斗が美咲をかばうように肩に腕を回す。

彼に護《まも》られながら美咲はちらっと背後を振り返った。

松永は追ってこない。凱斗が渡した封筒を握りしめたまま、憤怒《ふんぬ》の形相で立ちつくしている。

廊下へ出ると、室内からは見えない、戸口から少し離れた壁際に彦太郎が立っていた。凱斗に抱かれて出てきた美咲を見て、顔をくしゃくしゃにしかめて手を合わせ、ゴメンっ、と頭をさげる。

美咲はぎこちなく笑った。まだ心臓がばくばくしていて、何も考えられず、反応もできない。

凱斗は美咲の肩を抱いている手とは反対の手の親指を立てて、自分の背後をくいっと示した。

彦太郎はまじめな表情で頷《うなず》き、美咲たちと入れ替わりに制作二部のオフィスへ入っていく。

美咲は凱斗に導かれるまま、廊下の端にある非常階段室へと入った。

スチール製の防火防煙扉が閉まる。

四面の壁のうち一面はガラス張りの窓で、床や壁、扉、手すりと階段、すべてが白で統一されている。日中は灯りがなくとも窓から入る光で充分明るい。

踊り場の白いその壁の前に美咲を立たせ、凱斗が身を屈《かが》めて顔をのぞきこんでくる。

「大丈夫か?」

「は、はい……」

美咲はなんとか答えたが、声は細く、膝《ひざ》が震えていた。

「すみませんっ、私のせいで……」

「あ？」

腰と膝《ひざ》を伸ばしながらのんきな声で凱斗は答える。

「だって私、結局、松永部長に見つかって……」

「あのくらいどうってことない」

「え？」

「ことが明るみに出れば、松永は責任を問われる。何か言ってこられるわけがない」

「あ……！」

凱斗は失笑をこぼす。

「まったくおまえは単純というかヌケてるというか」

「ど、どうせ、私はっ……」

美咲は羞恥《しゅうち》に頬を染めながら、気を落ち着かせるために一つ息をついた。そして、ブラウスの胸もとに指を入れてブラジャーのなかに隠したメモリーカードを引っ張り出す。

凱斗が目をぱちくりと見開いた。

美咲はいっそう赤くなった。

「と、とっさだったので……」

そう言いながら凱斗に渡す。プラスチック製の薄っぺらなカードは、美咲の体温で温まっている。

受け取った凱斗が笑った。

「しかし貧乳だな。香織みたいにグラマーだったらよかったのにな」

「ナ、ナマで見たことあるんですか、あの人の胸っ」

「あるわけないだろ」

貧乳と言われたことよりも香織を引き合いに出してきたことにカチンときて怒る美咲に、凱斗はぶっきらぼうに答える。

「もうっ」

美咲は頬をふくらませたが、嬉しかった。

助けにきてくれた——

「うまくコピーできているといいんですけど……」

心配する美咲に凱斗は微笑んだ。

「そんなものより、おまえが無事であることのほうが大事だろ」

美咲の頭をポンポンと叩いて、そのまま抱きしめる。

「建部さん……」

「でも、よくやった」

逞《たくま》しくて温かい胸のなか、美咲は涙ぐんだ。

恐かった。死ぬほど恐かった。

でも、凱斗が助けてくれた。これで三回目だ。

（好き……）

心の中で呟きながら美咲は想いの丈をこめて抱きついた。

＊　＊　＊

その夜。

終業時間をすぎたが、美咲は退社せず、彦太郎と二人、会長室に報告に行った凱斗と丸毛の帰りを待っていた。

「すげえよ、美咲ちゃん」

「建部さんが来てくれたおかげです」

「いやいやいや。そんなこと言うとあの人つけあがるから。ここはやっぱ、一番のお手柄は美咲ちゃんでしょう」

「そんな……」

美咲は淡く頬を染めた。その控えめな反応に、ゴミ箱に両足を置いて丸毛のデスクに腰かけた彦太郎は相好《そうごう》を崩す。

「かーわーいーいー」

「彦太郎さん」

「いや、マジで」

「でも、建部さんは……」

美咲は口ごもった。

「建部さんのことなんか気にするなよ。俺様で、荷受けは美咲ちゃんや俺たちに押しつけて、一日中、株の売買ばっかやってるような人だよー？」

「え⁉　あれ、不正の証拠をハッキングしていたんじゃないんですか⁉」

「そーゆーこともやってるけど、基本、朝から晩まで株、株、株。課長が言うには、個人投資だけじゃなく、経済情勢の予測とか、アナリストみたいなこともやってるらしいぜ」

俺にはよくわからないけど、と彦太郎はつけ加える。

美咲は目を見開いた。

「すごい……」

「だからダメだって、建部さんを図に乗らせちゃ。ますます俺様になって、荷受けの仕事なんかもっとしなくなるっしょ」

美咲は微苦笑をこぼした。

「そうですね。それに今回うまくいったのは彦太郎さんが時間稼ぎしてくれたからです」

「いやいやいや」

そう言いながらも、彦太郎はまんざらではない表情を見せる。

「あそこで松永が会議抜けて出てくるなんて想定外だったからさ、美咲ちゃんと建部さんへ知らせるのに精一杯で作戦考えるヒマもなくって。そしたらその間に、あいつエレベーターに乗っちゃってさァ、俺もう焦って、乗りまァーすっ、て叫びながらあと追いかけて」

彦太郎は身ぶりをまじえてそのときの様子を説明してみせる。

「そんで、間一髪間に合ったのはいいけど、俺たち以外誰も乗ってなくて。やべ、このままだったらすぐ十八階に着いちゃうって思ったから、俺、とっさに十六階のボタン押したのよ。そんで『うわっ、十七階だったっ』って間違えたふりして、も一個ボタン押して。したら松永の奴、こっちをぎろっとにらみやがってさァ」

身体が大きい彦太郎はジェスチャーも大きい。美咲はクスクスと笑った。

「それで、彦太郎さんは十七階で降りたんですか？」

「ああ。そんで、そっからは階段ダッシュ。でも、十八階に着いたときに、ちょうど松永が部屋入っていくのが見えて、もう万事休す。俺、どうしよーって思ってさァ。飛び込んで、あいつ殴り倒して、美咲ちゃん連れ出そうかと思ったんだけど」

「彦太郎さん……」

「ま、そこに建部さんがきてくれて、助かったってわけだけど——って言ったら、あの人つけあがるじゃん！」

美咲は肩を揺らした。

そこに凱斗と丸毛が戻ってきた。

彦太郎と楽しそうにしている美咲を見て凱斗は不機嫌な声を出す。

「何笑ってるんだ」

彦太郎がにやっと笑った。

「建部さん、妬《や》いてる?」

「あ?」

凱斗は奥にいる彦太郎を冷たく見下ろす。そしてそのまま視線を美咲に向けた。

「まだ残っていたのか。帰ればよかったのに」

「建部さーん、最大の功労者に対してそれはないでしょう」

彦太郎が抗議してくれる。美咲は凱斗を見あげた。

「どうなりました?」

凱斗はひょいと両肩をあげた。

「え?」

「鈴木さんのおかげですよ」

ダメだったのかと、一瞬不安になった美咲に、丸毛がにこにこと笑いながら説明してくれた。

美咲が手に入れたデータにより松永の横領《おうりょう》が証明された。松永はクビ。会社は株主への道義的責任と株価への影響を考慮しつつ、刑事告訴をするか否《いな》か検討中という。

「おっしゃあっ」

彦太郎が拳《こぶし》を握って雄たけびをあげた。そして立ち上がって美咲とハイタッチをする。

凱斗が冷ややかに彦太郎をにらんだ。

気づいた彦太郎が、な、と美咲に目で合図してくる。

美咲は笑いながらも、ほっとした。

恐かったけど、凱斗の役に立てたのだ。

目頭《めがしら》が熱くなった。

「さて、どうやら我々はお邪魔のようですし、彦太郎くん、帰りましょうか」

「え？　あ、そういうこと？」

彦太郎は美咲と凱斗の顔を交互に見て、笑う。

「そうっスね」

「課長！　彦太郎さん！」

美咲は赤くなったが、凱斗はうるさそうな表情で彦太郎に向かって帰れ帰れと手を振る。

「ごゆっくりー」

ニヤリと笑って彦太郎は丸毛と連れ立ち、部屋を出て行った。

「会長から金一封をいただきましたので、焼き鳥屋で一杯どうです？」

「おっ、いいっスねえ！」

遠ざかっていく二人から楽しげな会話が聞こえてくる。やがてその気配は守衛室へ続くドアの向こうに消え、静寂が訪れた。

二人きりになって凱斗の口もとに笑みが浮かんだ。

「よくやったな」

優しい眼差しで美咲を見下ろす。見あげる美咲は胸の内で答えた。

(あなたがいたから……)

凱斗がいたから、ここまでがんばってこられた。

勤務場所は地下で、仕事は荷受けで、社員からはお払い箱と蔑《さげす》みの目を向けられ——決して嬉しくはない職場。おまけにあこがれの凱斗は美咲にはイジワルで。

だが、それだけではなかった。

俳優のような端整な顔だち、均整《きんせい》のとれた硬いボディ、図太いほど剛《つよ》い心。そんなに素敵な人がそばにいてほしいと言ってくれる。

それに美咲を信じて仕事をまかせてくれた。

(私も好き……。あなたが大好き)

言葉にはしなかったのに、凱斗はふっと笑みを深めた。

顔が近づいてきて、彼の唇が重なる。

(建部さん……)

味わったことのない幸福感が胸を満たす。

そのとき隣の宿直室のドアが開く音が聞こえた。宿直の警備員たちが話をしながら隣の部屋へ入っていったようだ。

二人は顔を見合わせて笑った。

「ここじゃ落ち着かないな」

凱斗の言葉に、美咲は頬を染めてうつむいた。その反応に凱斗が笑みをこぼす。

「俺たちも、今夜は仕事抜きでメシ食いにいくか」

「はい！」

美咲は満面の笑みで頷《うなず》いた。

＊　＊　＊

タクシーを降りた美咲は、驚いて夜空を振り仰いだ。

まぶしい白や暖かみのある暖色灯の光を放ちながらそびえるタワーマンション。

小さなフレンチレストランで食事をとったあと、凱斗に導かれるままタクシーに乗った。美咲にはどこへ行くとも言わず、凱斗は運転手に目的地を告げた。美咲はてっきりホテルに行くんだろうと思っていたのに。

「ここ……」

茫然《ぼうぜん》と呟く美咲に、タクシーの支払いを終えてやってきた凱斗が告げた。

「俺の家」

「えっ⁉」

「建部さんって、お金持ちの家のお坊ちゃまだったのっ、とか思ってる？」

「い、いえっ、でもっ」

美咲は改めて、目の前にそびえる建物を見あげた。

角材のように細くて高い超高層マンション。周囲には同じような建物が並んでいる。電栄堂からタクシーで五分くらいだろう。少しがんばれば徒歩でも通えるかもしれない。都心のど真ん中、一等地だ。

（いったい、いくらするの……⁉）

あっけにとられて立ちつくしている美咲に凱斗は薄く笑みをこぼした。

「来いよ」

慣れた足取りで、一人先にエントランスへ入っていく。

美咲は慌ててあとを追った。

（すごい……）

入ったロビーはホテルみたいだった。床は黒っぽい石のタイルで、花を豪華に生けた大きな花瓶が正面に飾られ、左側には黒い本革のソファとガラスのテーブルの応接セットが二組並んでいる。反対側にはホテルのようなカウンターがあって、コンシェルジュらしき人がいた。ダークな色のスーツを着た初老の男は凱斗を見て、お帰りなさいませと言い、一緒に入ってきた美咲には丁寧な物腰で頭をさげた。

軽く会釈《えしゃく》を返す凱斗の隣で、美咲も慌てて頭をさげる。コンシェルジュがいるマンションに入ったのは初めてだ。

エレベーターホールは花瓶の奥にあった。高さと幅のある花のアレンジメントが衝立《ついたて》になり、エレベーターに乗り降りする人を隠している。

エレベーターは二機あった。

ボタンを押すとすぐに片方の扉が開く。

レディファーストで、お先にどうぞ、と凱斗が手で促《うなが》す。美咲は恐縮しながら乗った。

扉の横にずらりと並んだフロアボタン。三十五階建てだ。地下まである。

乗り込んできた凱斗は十二階を押した。

「最上階じゃなくて残念だったな」

「そんなっ、残念なんて思ってませんっ！」

美咲は必死に答えた。

高速エレベーターは十秒もたたないうちに二人を目的の階へと運びあげた。不快な振動もない。

箱から出るとH型に廊下が設けられていた。エレベーターは建物の中央にあり、住人の部屋が周りを囲んでいる。廊下に窓はない。照明は丸いＬＥＤライトが天井に組み込まれている。床はカーペット敷きだった。照明、床と壁のカラー、トーン、すべてが落ちついた色で高級感がある。

凱斗の部屋は角部屋だった。

凱斗はズボンのポケットからキーケースを取り出してドアの鍵を開けた。それだけは美咲のマンションと同じ、ピッキング被害に強いとされているディンプルキーである。

「どうぞ」

ドアを開けた凱斗の目がいたずらっぽく笑っている。

「お、おじゃまします……」

美咲は緊張しながら足を踏み入れた。

ドアが開いた瞬間、天井のライトが自動で灯る。

玄関の床は大理石で、その奥に続くフローリングの床とほとんど段差がない。

出しっ放しになっている靴はなかった。左にシューズボックスらしき扉がある。凱斗らしいと美咲は思った。会社でも彼のデスクにはほとんど物がない。雑誌やおもちゃや食べ終えたスナック菓子の袋が散らかり放題の彦太郎の席と大きな違いである。

「入ってろ」

凱斗が顎《あご》をしゃくって正面のガラスがはめ込まれたドアを示す。

玄関はそれほど広くなかった。美咲のワンルームマンションよりは大きいが、二人が立つには窮《きゅう》屈《くつ》だ。

言に従い、美咲は先にあがった。脱いだパンプスを揃えて端に置く。

「えっ！」

ドアを開けて美咲は目を見張った。

そこはダイニング兼用のリビングだった。広さは十畳ほどで、奥行きが長い。正面にバルコニーへ出る大きな窓がある。

カーテンは開けられていた。

バルコニーの向こうには無数の光がきらめいている。

美咲はここが他人の家であることも忘れて、足早に窓辺へ歩み寄った。

「気に入った？」

「すごい……」

美咲は夢見心地で呟いた。

凱斗が部屋の灯りをつけずにいてくれたので、夜景がよく見える。

美咲は見覚えのあるビルを見つけた。

「あのビルもしかして」

「ああ、電栄堂」

まだほとんどのフロアに灯りがついている。

凱斗は長い腕を後ろから回して、美咲を抱きしめた。

「景色ばかりじゃなく俺も見ろよ」

くすぐったさと甘えた響きに苦笑しながら、美咲は首を回して後ろを見た。夜景の無数の光に照らされて浮かびあがる彼の顔は微笑《わら》っている。

「建部さん、素敵すぎます」

「よかった」

笑みを深めながら、凱斗は美咲のこめかみに唇をあてる。美咲は頬を染めた。

今夜の凱斗は優しい。

「建部さんって……」

「ん？」

「……」

六畳ワンルームの自分の部屋を思い出し、美咲は苦笑を深めながら首を横に振った。

「どうした？」

「だって……」

改めて彼が自分のどこを気に入ったのか不思議に思う。

「私……、美人じゃないし、とりえもないし……」

「バカ」

「でも！」

美咲はムキになって言い返す。

「ふうん？　また俺に魅力を教えてやるよって言われて、泣かされたいんだ？」

「ち、違いますっ！」

美咲は真っ赤になった。

「へえ？」

「きゃっ……」

いきなり横抱きに抱きあげられて美咲は悲鳴をあげた。

闇のなか、美咲を軽々と抱きあげている男は笑っていた。

「このままベッドへ直行するか？　それともシャワーあびたい？」

美咲は頬を染めた。

「……お風呂に入らせてください」

＊　＊　＊

借りたバスタオルを身体に巻いた美咲は、寝室の窓を覆《おお》っているカーテンの隙間から夜景を眺めていた。

暗緑の闇の帳《とばり》にきらめく無数の光。

東京は昼よりも夜のほうがいっそう魅力的である――学生時代に何かで読んだ一節を美咲は思い出していた。

その通りであった。

生まれ育った地方の田舎では、夜、窓から空を見あげると、夜空一面にたくさんの星が瞬《またた》いていた。だが、東京では夜空に星はない。かわりに、地上に星が輝いている。その瞬《また》きは実家の夜空より何倍も、何十倍も美しく見えた。

それは、美咲が夢見た世界。

(こんな景色が見られるなんて)

地下の庶務課に配属されたときには思いもよらなかった。

「まだ見ているのか?」

背後で声がした。

振り返ると、美咲に続いてシャワーを浴びていた凱斗が、腰にバスタオルを巻いた姿で立っていた。

逆三角形の引き締まった体躯《たいく》を目にして、美咲は淡く頬を染める。

凱斗は微笑を浮かべながら美咲のそばへやってきた。

「そんなに気に入ったか？」

「はい」

美咲は笑顔ではっきりと頷《うなず》いた。

凱斗が美咲の肩の上から腕を伸ばしてカーテンを少し開け、窓に顔を寄せる。

部屋の灯りはホテルの客室のようにほの暗い。

美咲と凱斗の身体が密着する。

背中から熱が伝わった。

硬くて逞《たくま》しい身体。

美咲は目を閉じ、凱斗の腕に頬を寄せた。

「バカ、冷えてるじゃないか」

熱いと感じるほど温かい凱斗の腕が美咲の身体を包む。凱斗はカーテンを離し、後ろから抱きしめてきた。

「ベッドに入っていればよかったのに」

「だって……」

美咲は頬を染めた。

さすがにそれは、いかにも待っています、と言わんばかりで恥ずかしい。

「俺に風邪を感染《うつ》す気か」

「ひどい。そこは風邪ひくぞって言うところじゃないんですか」

「おまえは丈夫そうだから、ひどくはならないだろ」

「もうっ」

美咲はむくれた。

凱斗は笑っている。

不意に低い声が耳もとで甘く優しく響いた。

「風邪ひくぞ」

「――」

美咲は固まった。

「……ずるい」

「ん？」

今のはフェイントだ。

凱斗は微笑をこぼすと美咲を横向きに抱き上げた。

天井から降りてくる控えめな光のなか、白い太ももが凱斗の視界にさらされる。美咲はバスタオルがめくれないように、慌てて合わせ目の裾を押さえた。

そのままベッドへ運ばれ、そっとおろされる。

すぐさま上半身に何も身につけていない凱斗が覆《おお》いかぶさってきた。

「寒くないか？」

美咲は頷《うなず》きつつも、羞恥《しゅうち》と緊張感に襲われた。

「建部さん……」

無意識のうちに胸もととバスタオルの裾を手で押さえてしまう。凱斗の目に裸体をさらすことにはまだ慣れていない。

「わかってる」

凱斗はベッドのヘッドボードからリモコンをとって、天井へ向けた。

すると部屋が闇に包まれるが、凱斗はすぐに、ヘッドボードについている読書灯を点けた。

「これくらいはいいだろ？」

室内灯よりはましだが、上半身は光に照らされている。

拗《す》ねた表情を浮かべる美咲に、凱斗は薄い笑みを返してきた。

「見たいに決まってるだろ」

「……」

美咲はどう答えていいかわからず、黙る。

凱斗は、からかうように美咲の顔をのぞきこんだ。

「何不満そうな顔をしているんだ」

「だって……」

「だって？」

凱斗が意地の悪い声で先を促《うなが》す。

「私、綺麗じゃないし……」

美咲は視線を落とした。

「……見ても、楽しくないんじゃないですか……？」

「俺が？」

美咲は首を縦に振る。

「バカ」

凱斗は呆れたようにため息をついた。

美咲の眼差しが不安げに揺れる。

凱斗がこれまで見せたどの表情よりも満ち足りた様子で微笑《わら》った。

「俺がどれだけ見たくて焦《じ》れてるか、世界中でおまえだけが知っているだろ」

美咲は目を見開く。

「建部さん……」

「いいからもうキスさせろ」

言うが早いか唇が重なってきた。

(建部さん……)

合わさった唇が美咲のそれを強く吸った。
「美咲」
熱い吐息を耳もとに感じる。
(建部さん……)
答える代わりに、美咲は広い背中に腕を回して硬い身体を抱きしめた。
凱斗は美咲の肩を掴み、深く唇を吸ってきた。
何度も。何度も。
凱斗に求められている。
それだけで美咲は目眩《めまい》がした。
(……建部さん……)
痺《しび》れるような甘い幸福感が広がっていく。
首の後ろに腕が差し込まれ、唇の間から舌が挿《はい》ってくる。
美咲は自ら舌を差し出して彼を出迎えた。
舌先が触れ合う。
爽《さわ》やかなミントの香りにまじって、かすかにアルコールの香りがする。
(建部さん……)
歯列を越えて挿《はい》ってきた舌は滑《なめ》らかに動いて、美咲のそれを絡めとる。

「……あっ……」

上顎《うわあご》を舐められるとぞくりと肌があわ立ち、声がもれた。

凱斗は続けて攻めてくる。

「……う……ン……んっ……」

くすぐったいような、電流を流されたような強烈な感覚に揺さぶられる。それが耳や目の奥へと走り、同時に胸もじくりと疼《うず》いた。

「あっ……、んっ……、んっ……」

やめてと言いたいのに声にならず、感覚が鋭敏になっていく。

「……ぁ、ぁ……」

解放されたときには、切ない疼《うず》きを全身に感じていた。

硬い腕に頬をつけて喘《あえ》ぐ美咲の耳もとで、かすれた声が響く。

「色っぽいな。そそられる」

美咲はいっそう肌を染めた。

言葉のままに、凱斗が首筋に顔を埋めた。

「ン、んっ……」

熱い唇が耳の下の柔肌を思い切り吸った。

「ああ……」

ちり、とした痛みが走る。

「あっ、ん……んっ……」

敏感になっている肌を吸われ、舐められ、湿った吐息が肌をかすめる。

「……ぁ、あっ……」

静まり返った部屋に、濡《ぬ》れた声とマットレスがきしむ音が響く。

「美咲」

「んんっ……」

充分に柔肌を味わって凱斗は頭をあげた。

途切れた愛撫に美咲は瞼《まぶた》をもちあげる。

闇のなかに恋しい男の顔が浮かぶ。

読書灯の光に照らされたその人は微笑《わら》っている。そしてこちらを見つめながら、美咲のバスタオルの合わせ目に指をかけた。

（……！）

羞恥心《しゅうちしん》がよみがえる。だが、美咲は抵抗しなかった。

彼の愛車と同じネイビーブルーのおろしたてのバスタオルがはだけ、シーツの上に開かれる。

美咲はぎゅっと目を閉じた。

「なんて表情をしているんだ」

言葉とともに身体が重なってきた。

「美咲」

目を開けろというように、凱斗が微笑《わら》いながら囁《ささや》く。

美咲は首を横に振った。目をつむっていても身体を見られていることには変わりないが、目を開けて平静でいられるほど強くない。

「あっ」

クスリと笑った凱斗は唇に一つ軽いキスをして、胸のふくらみに手を置いた。

さほど豊かではない胸は、彼の大きな手のひらのなかにすっぽりとおさまっている。

「ん……」

首や顎《あご》のあたりに唇をさまよわせながら、凱斗はふくらみを揺するように手を回した。

「あ、あ……」

先端の芽が熱い手のひらとこすれあう。

まだ触られていないのに、それはすでにピンと勃《た》ちあがっていて、つままれると疼《うず》きを含んだ甘い電流が走った。

「ンっ……！」

「気持ちいい？」

凱斗はコリコリと指を使う。

「あンっ、あ、ぁっ……」

美咲は背筋を震わせた。

二つの芽を爪の先で転がされると信じられない快感が襲う。同時に足の間にあるもう一つの芽がじくりと疼《うず》いた。

(ぁ、やっ……)

片方の膝《ひざ》が自然と持ちあがった。

できた隙間に凱斗が足を入れてくる。強い力で押されて、さらに足が広がる。

胸から下が密着した。

広げられた足の間に、美咲は違和感を覚えた。そこには、硬いものがあたっている。

凱斗の腰に巻かれているバスタオル越しに感じるその圧迫感に、彼も熱くなっているのだとわかった。

それを意識した瞬間、目眩《めまい》のような感覚を覚える。

(建部さん……)

美咲は硬い髪に指を通した。

その間も、胸への愛撫は続いている。

「……ぁ、あっ……」

凱斗の指遣いはたくみで、声が自然ともれてしまう。

「ン、……ぁぅっ……」

ゆっくりと凱斗の唇がさがっていく。

首筋、鎖骨。その窪《くぼ》みを舐め、さらに下へ。

「……あっん……」

やがて彼は、まろやかな丘の頂《いただき》に達した。

「ン、ンっ……」

硬くなった芽を唇で食《は》まれると、指とはまた違った快感があった。

凱斗は濡《ぬ》れた舌先でそれを転がし、くちゅくちゅと音をたてて吸う。

「はっ、あ、あんっ……」

刺激されるたび、快感が爪先《つまさき》まで走る。

しどけなく広げた足の間が疼《うず》く。

「ア、ぁ、ぁ、いやっ……」

その感覚がどういうものか、今の美咲は知っている。

「アんっ……、んっ、ンンっ……」

つらくて、谷の奥がひくつく。

だが、今夜の凱斗はなかなかそこを触ろうとはしない。代わりに美咲の肌にキスの雨を降らせながら、足のほうへ唇をさげていく。

「……!?」

美咲は頭をもちあげた。

「建部さんっ!?」

唇は臍《へそ》を越えてさらに下へ。

「いやっ」

美咲は悲鳴をあげて、思わず凱斗の髪を引っ張った。

「イテ」

顔をしかめながら凱斗は目線をあげた。

太ももの合間からわずかに見える彼の口もとに、薄い笑みが浮かぶ。

「ここにもキスしたい」

美咲は首を激しく横に振った。

「どうして?」

凱斗は不思議そうに問いかえす。

「ど、どうしてってっ……」

裸体をさらしているだけでも恥ずかしいのに、直接見られるなんて耐えられない。

「いやですっ、絶対にイヤっ」

「わかったよ」

凱斗は苦笑する。そして、美咲の顔を見下ろせる位置まで戻ってきた。

「お楽しみは次回に持ち越し」

美咲は真っ赤になった。

「じ、次回もないですっ。永久にないですからっ」

「ふうん？」

奇妙な声音で答えると、凱斗は二人の身体の間に片手を差し入れた。

「ぁっ……」

角ばった指が一本、足の間にしのびこむ。

「ああっ……」

どこを触られるよりも強烈な刺激がきた。

疼《うず》いている芽を、凱斗は指の腹でソフトにこする。

「はああんっ……」

美咲は背をのけぞらせた。

「こうされるのは好きなくせに、キスはＮＧか？」

「す、好きなんてっ、……ぁ、ぁっ……」

「好き、だろ？」

凱斗は薄く笑いながらピンと尖ったそれを小刻みに揺らす。

「ぁあアッ……」

美咲は悲鳴のような嬌声《きょうせい》を発し、硬直した。

感じすぎてつらい。なのに、膝《ひざ》が自然と開いていく。

「積極的だな」

「いやあっ……」

「おまえ、口と身体が矛盾してるぞ」

凱斗は笑っている。そして美咲の上から身体をずらし、隣に寝転んだ。覆《おお》いかぶさっていては彼も指を動かしにくい。

自由になった彼の指は、いっそう淫《みだ》らに蠢《うごめ》く。

「ぁ、やっ、ゃあっ……、アンっ……ぁ……」

「その声と表情、そそられる」

「ぁーっ、……ア、ア、ああっ……」

「もっと乱れろよ」

「んんんっ……！」

美咲は息をつめる。

硬く閉じた瞼《まぶた》の裏で閃光がはじけた。

（っ……！）

一瞬の間を置いて身体が脱力する。

「美咲？」

「……」

美咲は全力疾走したあとのように胸と肩を上下させた。

「へえ？」

凱斗は手を止めた。

「イッちゃった？」

「……」

美咲は瞼《まぶた》を開けておずおずと彼に視線を向けた。

凱斗は微笑《わら》っている。嬉しげな表情だ。

恥ずかしくてたまらず、美咲は手を握って凱斗の肩を叩いた。

「なんで殴るんだ」

そう言いながらも凱斗は怒った様子を見せず、相変わらず微笑《わら》っている。

美咲はどう言えばいいかわからなくて、拳《こぶし》をあて続けた。

「わかったって」

ついに美咲の手首は掴まれた。

「俺が悪かった。言いすぎました」

珍しく下手《したて》に出ると、凱斗は握っている手首を離す。

「……ァ……」

再び両足の間に手が挿《はい》ってきた。今度は芽を越えて、さらに奥へ。

「やぁっ……」

邪《よこしま》な指が一本、花びらのなかまで忍び込んだ。

「濡《ぬ》れているなんてもんじゃない。ここ、すごいことになってるぞ」

凱斗は指を前後に動かす。

「っ……あ……、ァんっ……」

かき回された淫蜜が溢《あふ》れ、谷間を伝っていくのを自分でも感じた。

「やっ、イヤぁっ……」

「いや？」

花筒のなかへ指が差しこまれた感覚があった。

彼はゆっくりと抜き差しを繰り返す。

くちゅりくちゅりと音がした。

「んんーっ……」

痛くはなかったが、たまらなく恥ずかしい。

凱斗はわざと音をたてている。

「……ぁ、あアっ……、はっ……ン、んんっ……」

悶《もだ》える美咲は片方の太ももに圧迫感を感じていた。

（建部さんっ……）

躊躇《ためら》いながらも指を伸ばす。

バスタオルの上から、彼にそっと触れてみた。

美咲の太ももとは違って凱斗の足は筋肉がついていて硬い。それ以上に、彼自身は硬かった。

（すごい……）

バスタオルを突き破るように、そそり勃《た》っている。

「なんだ？」

美咲の目をのぞきこみながら凱斗が問う。口もとに微笑みが浮かんでいる。

「ちゃんと感じているだろ？」

その言葉を肯定するように、ビクンビクンという動きが美咲に伝わってきた。バスタオルの下で、まるで独立した生き物のように動いている。

美咲は頬を染めた。

「挿《い》れてもいいか？」

「建部さん……」

「おまえの色っぽい声、さんざん聞かされて、もう限界」

凱斗の息は美咲と同じように熱い。

「……」

答える代わりに美咲は首を縦に動かした。

「きゃっ……！」

突然、凱斗が跳ね起きて美咲の両足をぐいっと持ちあげた。

「建部さんっ……」

羞恥《しゅうち》と驚きに硬直する美咲の目の前で、彼は腰のバスタオルをはずし、慣れた手つきでコンドームをつける。

凱斗のそれは、すでに腹につくほどそり返っていた。

美咲は思わず目をそらす。

「美咲っ」

「あっ……」

凱斗が美咲の秘所に自身を押しあてる。

「挿《い》れるぞ」

言葉とともに花びらがぐいっと押され、開いた。

「ああっ……！」

花筒のなかに、溶岩のように熱くて、岩のように太く硬いものが、一気に押し入ってくる。

「んんーっ……」

反射的に花びらがぎゅっと閉じた。

「はあっ……」

凱斗が嬉しそうに熱い息をもらした。

「そんなに締めるなよ」

「そっ……」

そんなことを言われても、と言おうとした瞬間、秘芽に衝撃がきた。

「ぁぁぁっ……！」

凱斗は不自由な姿勢ながら二人の間に手を入れて、美咲の一番敏感な場所を攻めてくる。

「はああんっ……あっ、ああっ……」

美咲はびくんびくんと腰を震わせた。

くりくりと秘芽を刺激されるたび、妖《あや》しい衝撃が全身を駆け回る。

「ああっ、ァ……んっ、あっ、あっ」

「その声、耳について、眠れなくなりそうだ」

「建部……さ……んっ……、あ、あっ、ぁぁっ……」

秘芽を刺激されると、凱斗が挿《はい》っている花筒もぎゅうぎゅうと締まる。

「いいぞ」

凱斗の吐息も徐々に荒くなっていく。

「挿《い》れているだけでいきそうだ」

「……ゃぁっ……あ、あン……んっ、ンっ……」

美咲はがくがくと腰を揺らした。

「ゃぁぁっ……」

貫《つらぬ》かれているだけでは満足できなくなってくる。

「建部さんっ、……建部さんっ……」

「はあっ……」

凱斗がひときわ熱い吐息と微苦笑をもらした。

「そんなに締めるなよ。優しくしてやろうと思っているのに、手荒に扱いたくなるじゃないか」

「お願い、好きにしてっ」

美咲は腰を震わせて叫んだ。

凱斗の双眸《そうぼう》に、凶暴な色がちらっと浮かんだ。

次の瞬間。

「ああっ……！」

美咲はのけぞって叫んだ。

凱斗が勢いよく腰を突きあげてきた。

「あーっ、ぁああっ……」

ベッドがギシギシときしみ、ぐちゅぐちゅという濡《ぬ》れた卑猥《ひわい》な音が部屋に響いた。

「いやっ……、くるっ……、くるぅっ……」

「イケよっ、ほらっ！」

凱斗のピッチがあがった。

「ぅんっ……、んっ、ん……、んっ、んっ……！」

「気持ちいいかっ⁉」

「はぁぁんっ、ぁあっ、ぁああっ」

美咲はガクガクと首を縦に振る。

花筒の奥のほう、深く挿《お》しこまれた男根の頭が届くあたり。そこを突かれるごとに快感が強くなっていく。

「美咲っ」

気づくと美咲は自分から腰を動かしていた。恥ずかしかったが止められない。

凱斗が激しく腰を突き動かす。

「はあぁっ、あーっ、あーっ、あーっ」

「くそっ……！」

「……っ！」

硬く閉じた瞼《まぶた》の奥で極彩色《ごくさいしき》の火花が散った。

花筒がぎゅっと締まる。

（ぁ、あ、あ……）

美咲は快感に身を震わせた。

「っ！」

ときを同じくして凱斗も動きを止め、息をつめた。

（建部さん……）

「ハア……、ハア……、ハア……」

肩で息をしながら瞼《まぶた》を開けると、同じように息を荒くした凱斗も顔をあげる。

目が合った。

「搾りとられた」

美咲はうなじまで真っ赤になった。

凱斗は笑っている。そして上半身を美咲のほうへ倒すと、挿入したままの状態で二人の身体を入れ替えた。そして手早くコンドームを付け替え、再び美咲のなかに自身を埋めた。

「えっ……!?　いやっ……！」

凱斗の腹の上に座るような体勢をとらされて美咲は慌てた。

「っ……！」

羞恥《しゅうち》に思わず胸を隠そうとしたが、凱斗のほうが一瞬早く、両方の乳首をつまんだ。

「建部さんっ……!?」

美咲は悲鳴をあげた。

凱斗はにやりと笑うと、指を動かした。

「うそっ」

「うそじゃない。ほら、もう一度」

凱斗が優しくもむと、それはピンと勃《た》ちあがる。

「んっ……!」

今、達したばかりだというのに、たちまち淫《みだ》らな感覚が再び全身へと広がる。

「うそ……、イヤ……、どうして……」

羞恥《しゅうち》に涙がにじむ。

「気持ちいいか?」

訊《き》かれても返事はできなかった。

代わりに花筒がひくひくと収縮する。

「……ぁ、ああっ……」

再びはじまる熟《う》れた感覚の予感に美咲は硬直する。

(どうしてぇ……)

体内の凱斗は先ほどと変わらない質量と硬度を保っている。

「ゃ、ぁあっっ……」

「よくなってきたか？」

湿った低い声が美咲の耳朶《じだ》をくすぐる。

「んっ、ぅんっ……」

美咲は何回も息をつめた。

「そんなに締めるなよ。もっていかれそうだ」

「ぁあんっ、ゃ、っぁ……」

弄《いじ》られている乳首のちりちりとした甘い疼《うず》きが花筒のなかに伝染して、そこがまたずくずくと妖《あや》しく疼《うず》く。

「はぁぁんっ、ぁンっ……ぅっん……」

「どうした？　腰がいやらしく揺れてるぞ」

「だってっ……、あんっ、イヤっ……」

「イヤ？」

「あ……、建部さんっ……」

「どうした？」

美咲は首を横に振った。

どうしてほしいのか、わかっているくせに凱斗は動かない。

「フ……んんっ……」

美咲は何度も肉棒を締めつけた。

そのたびに凱斗はいっそう太くなる。

「ア、ア、ぁあ……」

「くっ……」

美咲の淫《みだ》らな喘《あえ》ぎに、凱斗の熱い吐息がまじる。

体内の凱斗がビクンビクンと動いた。

(感じてるっ、建部さんも感じてるんだ……)

「美咲……」

「……ぁ、あぁっ……」

「言えよ、ほら。どうしてほしい？」

彼はくりくりと乳首を刺激する。

「はぁぁっんっ……」

花筒が疼《うず》いた。

美咲は腰を震わせる。

「いやっ……」

「いやじゃないだろ。おまえのなか、すごいことになってるぞ」

美咲を乗せたまま凱斗は軽く腰を揺する。

ぐちょ、じゅぶっ、と、花筒が卑猥《ひわい》な音をたてた。

「ほら、熱くて、ぬるぬるしてて、ふやけそうだ」

凱斗は熟《う》れた花筒をかき乱す。

「あああっ……」

美咲は悶《もだ》えた。

「ほら、言ってみろよ。どうしてほしい？」

乳首をこねくりながら、凱斗は腰を揺らして花筒のなかを刺激し続ける。

たまらなかった。

「動いてぇっ」

引き締まった凱斗の下腹部に手をついて美咲は叫んだ。

「動く？」

「突いてっ、さっきみたいに突いてっ」

羞恥《しゅうち》とがまんできない疼《うず》きに泣きながら美咲は腰を震わせる。

「こうか？」

凱斗が、ずんっ、と腰を突きあげた。

「ああーっ……」

美咲はのけぞった。

信じられない快感が走る。

「いいっ、もっとぉっ……もっと突いてっ」

「よく言えました」

そう言うと、凱斗は乳首から手を離し、美咲の腰を両手で掴んで、激しく腰を突き動かしはじめた。

「あああっ……」

秘窟の奥から、痺《しび》れるほどの甘さがかけのぼる。

「くそっ」

凱斗が跳ね起きた。

美咲を抱きかかえ、ベッドへ押したおす。

「はあああんっ」

「美咲っ」

凱斗の動きがいっそう大胆になる。

「あーっ、あーっ……!」

両足を大きく開いて、美咲は凱斗に抱きついた。

「建部さんっ！」

「美咲っ」

ぴったりと肌を合わせ、美咲は涙を流しながら叫んだ。

「イクっ、いくぅっ……」

「俺もだっ……」

「はあああんっ……！」

次の瞬間、意識がはじけた。

エピローグ

翌日。

庶務課に、いつものごとく不満げな彦太郎の声が轟《とどろ》いた。

「建部さーん！」

「たまには手伝ってくださいよー。今朝は特に荷物が多いんですから」

「あ？」

こちらもいつものごとくパソコンに向かっている凱斗が、まったく応じる気のないだらけた声をあげる。聞いた彦太郎は忌々《いまいま》しげに舌を打った。

「美咲ちゃん、なんとか言ってやってよ」

「え、あ……」

昨日と同じスーツの上にエプロンをつけている美咲は、奥のデスクに目を向け――微笑みを浮かべ、亀のように首をすくめた。

美咲の表情と反応に、彦太郎は美咲にも不満げな声を上げる。

「美咲ちゃんがそんなだから建部さんがつけあがるんだよ」

「げ、彦太郎さん」

「ビシッと言ってやれ、ビシッと」

「無理ですっ」

美咲が困惑していると、紙を丸めた球が奥から飛んできて彦太郎の後頭部に当たった。

「ってっ――建部さーんっ」

紙の球だからたいして痛くないはずだが、彦太郎は大げさに頭を押さえて恨《うら》みの声をあげる。

凱斗は素知らぬ顔で相変わらずパソコンに向かっていた。

「やめてください、二人とも」

美咲はケンカがはじまるのではないかとハラハラした。

そこに丸毛がとびこんできた。

「た、た、た、大変ですっ！」

「課長？」

三人の注目が丸毛に集まる。丸毛は蒼白な顔色で叫んだ。

「鈴木さんはあまりにも普通のお嬢さんだし、建部くんが自分が選んだと、鈴木さんに言ったというのが気になったので、人事に確認したんです。そうしたら、今年の新入社員のなかにもう一人、鈴木美咲さんがいたんです！」

「あ、はい、います。総務課に」

美咲が答える。

「その鈴木美咲さんとこちらの鈴木美咲さんの辞令が逆になっていたことが発覚したんです！」

「えーっ!?」

美咲と彦太郎はすっとんきょうな声をあげた。

「どうやら研修期間中に二人のデータが入れ替わったらしくて、人事もどうしてそんなことが起きたのかわからないと」

「えっ、ってことは美咲ちゃんは」

「ええ、総務課に配属予定で採用されていたんです！」

「ええっ!?」

美咲と彦太郎は目を見開き、顔を見合わせた。

反応が一人足りないことに丸毛が気づいた。

「た、建部くん、きみ、人事のデータベースに侵入して二人のデータをすり替える……なんてことはしてませんよね……？」

凱斗は冷笑を浮かべた。

「えーっ!?」

今度は美咲、彦太郎、丸毛で叫んだ。

「建部さーんっ！」

彦太郎が叫ぶ。

「どうしてそんなことをしたんですかっ⁉」

「おまえだって美咲を可愛いって言ってるだろうが、彦太郎」

「それはっ。いや、でも、だからってっ……」

「そうですよっ……」

丸毛の顔色も変わっている。

「きみは、なんてことをっ！　二人の人生を捻《ね》じ曲げてしまったんですよっ⁉」

非難が集中する。

凱斗は薄い笑みを浮かべて美咲へその双眸《そうぼう》を向けた。

「どうする、美咲？」

「鈴木さん、総務課に変わりたいなら手配します」

いつも及び腰の丸毛がこのときはきっぱりと言った。

「……」

美咲は目を閉じた。

職場は地下で、仕事は荷受け。それは表向きで、裏では特命を受けて社内の不正調査も。

今までの美咲なら、すぐに総務課に戻してくれるように頼んだだろう、しかし。

美咲は目を開け、にっこりと笑った。

「彦太郎さん、仕分けの途中ですよ」

「美咲ちゃん」

「鈴木さん」

彦太郎と丸毛は驚く。

美咲は微笑を浮かべ、奥へ目を向けた。

凱斗の口もとにも微笑みが浮かんでいた。穏やかで、でも何かを得た者だけがみせる、勝者の満ち足りた笑みだ。自分へ向けられたその微笑みに美咲は頬を染めた。

（あなたがいたから）

心のなかで大好きなその人へ語りかけ、美咲は丸毛と彦太郎に向かってほがらかに言った。

「私は庶務課の一員です」

「鈴木さん」

「美咲ちゃん……！」

二人の顔が輝く。

「そうですね」

丸毛が穏やかな笑みを浮かべて頷《うなず》いた。

「もう鈴木さんは、庶務課の大切な課員です」

「結果的には、美咲ちゃんでよかったよ」

彦太郎は親指を立てる。

「ちわーっス！」

新たな配達員が荷物を山のように積んだ台車を押して荷受け場に入ってきた。

「はーい！　ご苦労さまです！」

美咲は受領印を持って事務所を駆け出していった。

番外編

密着！　キケンなエレベーター

「えー⁉」

ある日のこと。

昼休みまであと二十分となった庶務課の事務室で美咲は大声をあげた。

「本当ですか、彦太郎さん⁉」

「ホントホント。さっきの荷物の中身、七匹の豚の着ぐるみだったんだよぉっ！」

地下から十四階の会議室まで荷物の運び上げを手伝った彦太郎は、大きな目をランランと輝かせている。

「会議室には美咲ちゃんより小柄な女の人が七人いてさ。あれは絶対『虹《にじ》の豚』のスーツアクターだね」

「キャア……！」

美咲は黄色い叫び声をあげて両手を顔の前で握りしめた。

その反応を見て彦太郎もいっそう嬉しそうな表情になる。

「美咲ちゃんも好きなんだ？　もしかして原作漫画とかＯＶＡとか全部持ってる？」

「ううん。でも、スマートフォンの育成アプリゲームやってますっ！」

「おっ⁉　俺はバトルのほうなんだよねー」

「すごーい！」

「いやいや。あ、よかったら、俺、原作もＯＶＡも全部持ってるから、持ってくるよ？」

「ありがとうございます。でも、原作、一巻の最初だけ読んだんですけど、恐くてダメで……」

「ああー、女の子の一人暮らしであれはきついかー」

「そうなんです！」

二人が盛りあがっていると、丸毛がにこにこしながら話に加わってきた。

「『虹《にじ》の豚』ですね」

「課長もご存知なんですか⁉」

驚いた美咲が声をあげる。

「はい。わが社もあれの制作委員会に名を連ねていますから。出版社、ゲーム会社、テレビ局、映画配給会社、広告代理店が組んでの、ビッグプロジェクトですからね」

「そういえば、隣のテレビ局が明日からやるイベントにビッグゲストが出演って、今朝の情報番組で宣伝してたけど、あれってもしかして⁉」

「彦太郎くんの想像通りかもしれませんね。ビッグならぬピッグ」

「おー!?」

丸毛のシャレに感動して美咲と彦太郎は拍手を送る。

奥にあるデスクでパソコンと向かい合っていた凱斗が顔をあげた。

「何を騒いでいるんだ」

美咲はなにげなく問い返した。

「建部さん、『虹《にじ》の豚』、知らないんですか?」

「豚?」

「えーっ!?」

不思議そうな表情をする凱斗に、美咲と彦太郎は大声をあげた。

「超人気の作品っスよ!?」

「コマーシャルだって頻繁に流れてます!」

凱斗は広い肩をひょいとすくめた。

美咲と彦太郎は顔を見合わせ、声を揃える。

「うそぉ」

二人は珍しいものを見たというような表情をした。丸毛が凱斗に説明する。

「累計販売三千万部を超える人気コミックスです。ゾンビとウイルスという使い古されたネタを題材にした作品なんですが、これがなかなかによくできていましてね」

「ゾンビとウイルス？」

怪訝《けげん》な顔をする凱斗に彦太郎が続けた。

「世界中にゾンビウイルスが蔓延《まんえん》するんです。感染してない人間たちは島に移り住んで、細々と生き延びているって話です」

「で、豚は？　ああ、食料か」

「違います！」

美咲は両手を握りしめて叫んだ。

「ある科学者が豚の体内で精製される抗ゾンビ効果のある七種類の抗体を開発するんです。でも研究所が襲われて、希望《ホープ》って名前のその豚は死んじゃうんです。その直前に希望は七匹の子豚を産んでいて、子供たちは一匹ずつばらばらに、世界じゅうの島に空輸されるんです」

「ところが、子豚たちはそれぞれ一種類しか抗体を受け継いでいなくて、ウイルスに対抗するには七匹全部の血清が必要なんです」

「俺がやってるのは、ゾンビがわんさかいるなか、血清を運ぶバトルゲーム。美咲ちゃんは、島のなかで子豚を育てる育成系ゲームをやっているそうです」

「これです！」

美咲はスマートフォンを手に凱斗のデスクに駆け寄り、画面を見せた。

「このコはアイちゃんっていうんです。可愛いでしょ！」

「……」

凱斗は冷めた眼差しで画面を見ている。美咲はかまわず続けた。

「希望への架け橋という願いをこめて、子豚たちには虹《にじ》の色の名前がつけられているんですよ。赤色の首輪をつけている子豚がホン、橙色はオレンジ、黄色がジョーヌ、緑はベルデ、青はブラオ、藍がアイで、紫はパーポルちゃんです」

「……豚だろ」

凱斗が呆れたように呟く。

「同期にイモ子と呼ばれていたおまえが豚？　ああ、トン汁ね」

「建部さん！」

美咲は眦《まなじり》を吊り上げ怒鳴った。

「イモ子がトン子になってるぞ」

「ぶうー」

美咲はますます頬をふくらませる。

その時、凱斗のデスクの電話が鳴った。

ふくれっつらの美咲にかまわず、凱斗は受話器を耳にあてる。

「常務が？　わかりました。部屋にうかがいます」

かかってきたのは内線だった。

美咲をおいて、凱斗は部屋を出て行く。

その背に美咲は思いきりエアパンチを見舞った。そして、ため息を落としながら席へ戻る。

「気にすることないって、美咲ちゃん」

彦太郎がなぐさめてくれる。

「彦太郎さん……」

「建部さんって、頭よくてなんでも知ってるくせに、たまーに世間からズレてることあンだよな」

丸毛も、うんうん、と首を縦に振っている。

「デカイ図体をして中身は子供です。好きな子にはわざとイジワルをして関心を向かせようとするなんて、幼稚園から成長していません」

丸毛の言葉を聞いて彦太郎が派手に笑った。美咲は頬を染める。

二人が付き合っていることを公言したわけではないが、庶務課ではいつのまにか公認の仲になっている。

美咲は照れくさくて、作業場へ顔を向けた。

「あ……」

コンクリートの床の上に封筒が残されていた。今朝、配達された荷物だ。もうすぐ昼休みだが、まだ引き取りにきていないフロアがある。

美咲は事務所を出て封筒を手に取り、送り状を見た。

彦太郎がやってきた。

「どこ？」

「二十九階です」

「役員室のフロア？　建部さんが今、行ったんじゃねえの？　うわ、持っていってもらえばよかったなー！」

渋面をみせる彦太郎に美咲は小さく笑った。

頼んでも、凱斗はきっとすかした態度で無視するだろう。建部凱斗はそういう不遜《ふそん》な男だ。

「いいです。私、行ってきます」

そう言って、美咲はつけているエプロンを外した。

＊＊＊

最上階の一階下になる二十九階には、会長室をはじめ、社長室、副社長以下役員たちの個室が並んでいる。それらの部屋へは、共通の秘書室を通らねばならない。

その秘書室に凱斗の姿はなかった。

美咲は出入口に一番近い秘書のデスクへ行った。

「お荷物です」

「ありがとう」

女性秘書は冷たい口調で礼を言い、それを受け取る。

役員フロアの秘書の数は八人。全員が二十代と若く、社内でも粒よりの美人が揃っている。しかし、つんとしていて態度が横柄《おうへい》だと、社内の評判はあまりよろしくない。

美咲も荷物を渡すと、そそくさと退室した。

エレベーターホールへ戻る。

眩《まぶ》しいほどの光が大きな窓から差し込んでいて、ホール内は明るい。

高層なので遠くまで景色が見渡せる。地下の庶務課とは大違いだ。

「美咲」

そのとき、凱斗がやってきた。手に大判の封筒を持っている。

美咲はぷいっと顔をそむけた。

「まだふくれているのか」

「別に」

「機嫌直せよ、トン子」

「いーっ！」

歯をむいてしかめっ面を向けたとき、秘書室のドアが開く音がした。

「ありがとうございました」

男の声が礼を言う。

「がんばってね」

別の男が答えた。

複数の人の気配が、秘書室のほうからエレベーターホールへ移動してくる。

「キャア！」

それを目にした瞬間、美咲は歓喜の悲鳴をあげた。

やってきたのは、七匹の子豚。首にそれぞれ虹《にじ》の色のバンドをしている。

喜んでいる美咲を見て、子豚たちは短い前足をパタパタと振ってくれた。

凱斗は顔をひきつらせている。

「虹《にじ》の豚の子豚ちゃんだよ。知ってる？」

「はい！」

一緒にいた男性社員の問いに美咲は大きく頷《うなず》いた。

「アイちゃん、育ててます！」

藍色の首輪をした子豚がいっそう大きく手を振る。

「明日から隣でイベントやるから、社長室へ挨拶に行ってきたんだ」

男性社員は事情を説明する。

美咲はおそるおそる訊《たず》ねてみた。

「握手してもいいですか？」

「ああ、いいよ」

気軽に承諾してくれる。

美咲は一匹ずつ差し出された短い前足を握った。

子豚たちは前に倣《なら》えのポーズで、ぷりんとしたお尻を揺らしながら後ろ足で立っている。

本物の豚の皮は硬くて、ごつごつした毛が生えているが、こちらは柔らかくて、思わず頬ずりしたくなる感触。子供でも握りやすい大きさで、ちっちゃな蹄《ひづめ》もついている。

凱斗は呆れているが、美咲は感動した。

人類を救う希望の架け橋の子豚ちゃんたちと、しっかり握手する。

「がんばってください！」

美咲の激励に、七匹は揃ってぺこりと頭をさげる。

エレベーターの扉が開いた。

なかは無人だった。

美咲は真っ先に乗り込み、「開」ボタンを押す。

まあるい身体を揺らして七匹の子豚たちが乗り込んでくる。最後に社員の男性が入った。

凱斗はもう一台エレベーターを待つつもりのようで、乗り込んでこない。

「一緒にどうぞ」

社員が言った。

二十人乗りのエレベーターは、着ぐるみを七体乗せてもまだ余裕があった。

会釈《えしゃく》をして凱斗が乗り込んでくる。

子豚たちは十四階のボタンを押す。

地下まで降りる美咲と凱斗は、子豚たちが移動しやすいように奥へ入った。

それが悲劇のはじまりだった。

＊　＊　＊

エレベーターの扉が閉まる直前、美咲は毎日正午きっかりに鳴るメロディーを聞いた。

下降をはじめたエレベーターはすぐに止まった。一階下の二十八階である。

扉が開いた。

大人気の作品に登場するキャラクターの着ぐるみが乗っていたので、空気がざわめいた。早くも昼食をとりにオフィスから出てきた社員たちがホールにいる。

彼らは遠慮なく乗り込む。

たちまち朝の通勤電車並みに満員になった。

扉が閉まる。

動き出した。

しかし、すぐにまた止まる。

扉が開いた。今回も一階しか降りていない。

だが、満員なので新たに乗り込んでくる人はいない。

「……」

なんとも言えない空気が乗り合わせた人々の間に流れる。

満員なのにすぐに止まってしまう理由を全員が理解した。

「……豚か」

凱斗がぼそりと呟く。

重量が足りないのだ。

このエレベーターは定員二十人と表示されているが、実際は重量で判断している。制限重量に達すると、別のフロアで乗りたいとボタンを押した人がいても、通過していく。

主材料がウレタンの着ぐるみは、スペースこそ一匹で二人分とっているが、軽かった。だが、エレベーターは着ぐるみが乗っているからなどという判断はしてくれない。

昼休みになったので、すべてのフロアでボタンが押されていた。

「……間に合わないね」

「明日にしようか……」

限定ランチを食べに行くつもりで、ダッシュで出てきた女性二人組の顔には諦めが浮かんだ。

希望への架け橋どころか、トンでもなく迷惑な豚である。

美咲は左奥の隅にいた。凱斗は美咲を護《まも》るような体勢で横に立っている。

奥の壁に背中をつけて扉のほうを向いていた美咲の目には、子豚たちの群れの向こうに、引率している男性社員が見えていた。

タイミングが悪かったと頭を抱えている社員を見て、美咲は気の毒に思った。着ぐるみからも気まずい空気が漂ってくる。

彼女たちのせいではない。彼女たちだって仕事なのだから。

だが、ほかの者たちは一階ごとに止まるエレベーターにうんざりしている。

男性社員たちを気にかけていた美咲は、こちらを向いている凱斗がにやりとした笑みをこぼしたことに気づかなかった。


(――!?)


足の間に何かが触れた。

手だ。手のひらが触れている。

美咲は思わず横に視線を向けた。

目が合った。

凱斗は意味深に笑っている。

（うそ……）

美咲は信じられない気持ちだった。

エレベーターのなかである。

だが、指が一本、足の間に挿《はい》ってくる。不運にもこの日、美咲が着てきたのは、薄いジョーゼットのフレアースカートだった。柔らかい生地は、邪《よこしま》な指の侵入をあっさりと許してしまう。

（……んっ……）

美咲はぎゅっと目を閉じた。

慣れた指は、柔らかな秘所の上で細かい振動をはじめる。

（……ぁ……）

揺すられた秘芽がじくりと疼《うず》いた。

（あ、あ……）

前には子豚たちの壁があって、彼らは全員、扉のほうを向いている。気づかれないだろうが、やめてと声に出して訴えることはできない。

それをいいことに、指は大胆になっていく。

（……ぁ、ぁ……あ……）

くいくいと押されて、いてもたってもいられないような感覚になった。

（はぁぁんっ……）

思わず、美咲は腰を揺らしてしまう。そして、それに気づいて唇を噛《か》みしめた。
(うんんんっ……)
美咲はビクンビクンと身体を痙攣《けいれん》させた。
(ぁ、ぁ、だめぇっ……)
秘芽を愛撫されると、奥の花筒までが疼《うず》き出す。
(ぁあ……んっ、う、う……)
恥ずかしいのに、触られている場所から甘い快感が走る。
(んーっ……んっ、んっ)
汗がにじんだ。
(ダメッ……、イクっ……、いっちゃうっ……)
「……ぁっ……」
こらえきれず声がもれた。
そのとき、エレベーターが会議室のある十四階に着いた。
「すみませんでしたっ!」
大声でわびを言って、男性社員と子豚たちが降りていく。
ぎゅうぎゅう詰めから一転、エレベーター内は一気にスペースができた。
「……ハア……、ハア……、ハア……」

美咲は壁に背をつき、必死に声を殺して喘《あえ》いだ。脱力していて、壁にもたれていなければ座り込んでしまいそうだ。

幸いにも、十四階で乗り込んできた社員でエレベーター内は一気に騒がしくなり、美咲の異常に荒い息遣いは気づかれずにすんだ。

ほどなくして、エレベーターは一階につき、他の社員はみんな降りていった。美咲は凱斗と二人きりになる。

(何考えているんですかっ)

美咲はまだ涙の浮かんでいる目で凱斗をにらんだ。

しかし、イタズラをした性悪な男は涼しい顔で笑っている。

「いい豚だな」

美咲は拳《こぶし》を作って脇腹を叩いた。

だが、本気でないパンチは凱斗にダメージを与えない。

「おまえ、今日、弁当?」

「違います」

美咲はぶすっと頬をふくらませて答える。

「だったらトンカツ食いに行こうか」

「絶対イヤです!」

ハッキリと拒絶したあと、一呼吸おいて続けた。

「……でも、おごってくれるなら行きます」

結局、美咲はなんだかんだ言っても凱斗を拒絶できないのだ。

そんな美咲を見て凱斗は笑った。

美咲が凱斗の笑顔に見惚れている間に、エレベーターが地下につく。

(私、庶務課に配属されてよかった)

美咲は心からの笑みを浮かべてエレベータを降りた。

〜大人のための恋愛小説レーベル〜

エタニティブックス ETERNITY

ふたり暮らしスタート!

ナチュラルキス 新婚編1~6

エタニティブックス・白

風

装丁イラスト／ひだかなみ

ずっと好きだった教師、啓史《けいし》とついに結婚した女子高生の沙帆《さほ》子《こ》。だけど、彼は自分が通う学校の女子生徒が憧れる存在。大騒ぎになるのを心配した沙帆子が止めたにもかかわらず、啓史は学校に結婚指輪を着けたまま行ってしまう。案の定、先生も生徒も相手は誰なのかと大パニック！　ほやほやの新婚夫婦に波乱の予感……!? 「ナチュラルキス」待望の新婚編。

※エタニティブックスは大人の女性のための恋愛小説レーベルです。ロゴマークの色で性描写の有無を判断することができます（赤・一定以上の性描写あり、ロゼ・性描写あり、白・性描写なし）。

詳しくは公式サイトにてご確認ください。
http://www.eternity-books.com/

携帯サイトはこちらから！

御木 宏美（みき ひろみ）
1995年デビュー。『こいきな男《やつ》ら』（心交社）、『首相官邸の不埒な恋愛主導』『月華伝』（講談社）など、著書多数。

イラスト：朱月とまと

特命《とくめい》！　キケンな情事《じょうじ》

御木 宏美（みき ひろみ）

2015年11月30日初版発行

編集－黒倉あゆ子・宮田可南子
編集長－塙綾子
発行者－梶本雄介
発行所－株式会社アルファポリス
〒150-6005 東京都渋谷区恵比寿4-20-3 恵比寿ガーデンプレイスタワー5F
TEL 03-6277-1601（営業） 03-6277-1602（編集）
URL http://www.alphapolis.co.jp/
発売元－株式会社星雲社
〒112-0012東京都文京区大塚3-21-10
TEL 03-3947-1021
装丁イラスト－朱月とまと
装丁デザイン－ansyyqdesign
印刷－図書印刷株式会社

価格はカバーに表示されてあります。
落丁乱丁の場合はアルファポリスまでご連絡ください。
送料は小社負担でお取り替えします。

ISBN978-4-434-21349-6 C0093